축구
더하기
여행

축구 더하기 여행

여행

K리그 1편

Warming up (프롤로그)

내가 K리그를 좋아하게 된 결정적인 이유는 정확하게 기억나지 않는다. 지금 생각나는 건 초등학교 3~4학년쯤, 친구들이랑 흙으로 된 학교 운동장에서 축구가 하고 싶어 엄마에게 축구화를 사달라고 졸랐고, 엄마가 사준 프로스펙스 검은색 공격수용 축구화(지금은 사용하지 않는 표현)를 신고 친구들이랑 열심히 볼을 차며 놀던 기억, 내가 중학교 1학년이던 2002년, 한일 월드컵이 개최되어 'Be the Reds'가 적힌 붉은 악마 티셔츠를 입고 건국대학교 글로컬캠퍼스(당시의 '충주캠퍼스')에서 대형 스크린으로 우리나라가 월드컵 신화를 이룬 경기들을 관람한 기억, 그리고 다음 월드컵 때 고등학생이 되어 집에는 친구네집에서 수행평가 과제를 한다고 거짓말을 하고 친구들이랑 충주공설운동장에서 밤새워 응원한 기억이 있을 뿐이다. 이때까지만 해도 K리그의 K도 모르던 시절이었다. 이후, 어떻게 K리그를 알게 되었는지는 지금도 생각나지 않지만, 지금 글을 쓰며 한 가지 생각나는 계기는 2014년 브라질 월드컵 당시 상주상무 소속이던 이근호 선수가 러시아전에서 선제골을 넣으며 '최저연봉 선수의 월드컵 골'이라는 제목으로 인터넷과 뉴스가 도배되던 그때, 이근호 선수를 검색해 보며 K리그에 대하여 알아가기 시작한 것 같다.

어느 스포츠 경기가 그렇듯, 직관을 통한 현장감은 분명히 다를 것으로 생각했지만, 들어간 식당에서 나올 때 방향을 헷갈릴 정도로 완벽하게 길치인 내가타 지역까지 혼자 무사히 잘 갔다 올 수 있을지, 처음 직관은 어느 구단으로 정해야 할지, 내가 상상한 현장감과 실제로 느끼게 되는 현장감이 다를 때의 실망감 등의 이유로 쉽게 직관을 결정하지 못하고 몇 년간 고민만 했다. 지금 와서 생각해 보면 아주 쓸데없는 고민이었다. 이후, 본격적으로 K리그 직관에 대한 궁금증이 폭발하기 시작한 시점은 아마도 2015년쯤. 그 당시 나는 울산현대(현재의 '울산 HD') 소속 김신욱 선수와 전북현대 소속 이근호 선수의 대표팀 활동을 응원했기 때문에 울산이나 전북의 경기를 직관해야겠다고 생각했다.

그렇게 고민만 하다가 2016년이 되어 김신욱 선수가 전북현대로 이적하고, 이근호 선수가 제주유나이티드로 이적하면서 그중, 가까운 전북현대 경기를 보기로 마음을 정할 수 있었다. 그래도 처음 가보는 경기장 분위기에 대한 두려움이 있어 부모님과 함께 가족여행 삼아 방문했다. '초록이네'에 들러 김신욱 선수의 유니폼을 구입한 후, 패밀리석에서 경기를 관람했다. 이날의 직관이 나를 전북현대의 팬으로, 축덕으로 만든 첫 직관이었다.

 이날의 경기 결과는 기억나지 않지만, 전주월드컵경기장에서의 첫 직관은 K리그에 대한 아주 재미있는 인상을 주었고, 나는 이렇게 K리그와 전북현대의 팬이 되었다. 대학생이 되면서부터 지금까지 10년이 넘게 서울에 거주하고 있어 전주성 직관은 장시간 운전으로 힘들게 느껴지기도 한다. 그래도 한번 전북은 영원한 전북이지 않은가? 지금은 '세상에 같은 초록색은 없다'는 느낌으로 내 물건의 80% 이상이 전북현대 굿즈 또는 초록색 계열일 정도로 초록색에 대한 집착을 보이고 있으며, 전북현대와 K리그, 나아가서는 대한민국 축구의 '찐팬'이라고 말할 수 있을 정도가 되었다.

 내가 축구 외에 좋아하는 것은 여행이다. 주말에는 거의 집에 없을 정도로 여행을 즐긴다. 이런 나에게 K리그와 전북현대의 팬이 되어 전주와 각 구단의 홈구장으로 원정 응원을 다니는 것은 직관하러 핑계 삼아 '전국 여행'을 하는 것과 같다. 그러나 아쉽게도 주변에 K리그에 관심이 있는 지인이 없어 직관의 약 95% 이상은 혼자 다닌다. 이렇게 나 홀로 각 구단의 연고지로 '축구 더하기 여행'을 다니면서 방문했던 곳 중에서 소개하고 싶은 곳을 구단별로 정리해 봤으며, 혼자 축구여행을 다니며 생긴 에피소드를 공유하고자 한다. 2023 시즌 중심의 이야기에 승격된 '김천상무프로축구단'을 추가했으니, 나의 처음처럼 K리그 직관의 시작을 고민하는 각 구단의 팬들에게 좋은 축구 여행 소스가 될 수 있기를 바란다.

선발 라인업 소개 (목차) ....

대전하나시티즌

수원삼성블루윙즈
수원FC

FC서울

제주유나이티드

포항스틸러스

김천상무프로축구단

2024 시즌 K리그1 홈구장 지도

2024 시즌 K리그2 홈구장 지도

김포 솔터축구장
부천종합운동장 목동종합운동장
안양종합운동장 탄천종합운동장
수원월드컵경기장
안산와스타디움
이순신종합운동장
천안종합운동장 청주종합운동장
창원축구센터
부산아시아드주경기장
광양축구전용구장

경기장을 찾아주신 강릉시민 여러분 감사드립니다

춘천송암스포츠타운	강원 춘천시 송암동 297
강원종합운동장	강릉시 종합운동장길 69

STARTING LINE-UP

FOOD	CAFE	TRIP
할매삼계탕	카페 카르페	제이드가든
육림닭강정	카페 인필드	소양강 스카이워크
진아하우스	카페 체로	강문해변
선호라면	허스크밀	오죽헌

⚽ 할매삼계탕 #견과류국물 #구수함 #체력충전

가게 이름 그대로 삼계탕 전문 식당으로 총 메뉴는 4가지. 그중에서 시그니처 메뉴는 가게 이름과 같은 '할매삼계탕'이다. 다른 삼계탕집과는 다르게, 하얗고 투명한 스타일의 국물이 아니라, 견과류를 이용한 진하고 걸쭉한 스타일이다. 견과류의 기름으로 국물이 느끼할 것 같았으나, 전혀 느끼하지 않았다. 오히려 견과류의 고소함이 닭고기와도 너무 잘 어울리는 맛이다. 특히, 이곳은 닭 속에 찹쌀이 들어있는 것이 아니라 국물에 말아져 있어서 분해 후 밥과 같이 먹는 사람들도 분해 과정을 거치지 않고 바로 닭과 죽, 국물을 같이 먹기 쉬웠다. 그래서인지 다른 곳보다 맛의 조화를 충분하게 느낄 수 있었다. 나의 팀을 열렬히 응원하다 보면 배가 고파지거나 체력을 소진해서 피곤함을 느끼기 쉽지 않은가. 경기 종료 후, 할매삼계탕에서 응원으로 지친 체력을 충전하는 것은 강원 원정에 매우 완벽한 코스가 될 것이다.

위치 강원 춘천시 백석골길22번길 34 문의 033-242-9650 영업시간 월~토 11:00~21:00 (15:00~17:00 브레이크타임 / 14:20, 20:20 라스트오더 / 매주 일요일 정기휴무) 메뉴 할매삼계탕 18,000원, 할매옻삼계탕 22,000원, 매생이해물전복죽 10,000원 등 주차 가능(무료)

⚽ 육림닭강정 #한입크기 #포장전문 #매운맛추천

날씨가 너무 더워 손에 무언가를 들고 있는 것조차 싫었던 춘천 직관의 어느 날. 차에서 간단하게 먹고 입장할 생각으로 근처 맛집을 검색하던 중, 집에서 자주 보던 프로그램에 '닭강정 달인'으로 출연한 가게라는 소개에 들렀다. 처음 방문한 터라 맵기의 정도를 몰라 중간 맛을 주문했다. 경기장에 주차하자마자 오픈한 닭강정은 맛있는 냄새로 차 안을 덮어버렸다. 냄새가 차에 밸 수도 있겠단 생각에 급하게 뚜껑을 닫았고, 참고 참아 집에 도착해서 급하게 먹었다. 경기를 보며 먹지 않은 것을 후회하게 만드는 맛이었다. 나는 인위적인 단맛을 좋아하지 않는데, 조청을 사용해서인지 인위적이지 않았고, 매콤한 맛이 일품이었다. 간혹, 닭강정을 사 보면 한 조각의 크기가 매우 크거나 크기가 일정하지 않은 곳이 있는데, 육림 닭강정은 딱 한 입 크기로 크기가 매우 일정해서 더 마음에 들었다.

위치 강원 춘천시 소양고개길 46 문의 033-244-1510 영업시간 연중무휴 11:30~20:30 메뉴 조청닭강정(매운맛, 중간맛) 22,000원, 닭껍데기강정(소) 6,000원, 호두강정(110g) 6,000원 등 주차 가능(무료 / 주변 골목주차 가능)

15 강원FC X 춘천송암스포츠타운

⚽ **진아하우스** #추억의맛 #양배추햄버거 #소주한잔

송암스포츠타운 보조경기장에서 전북현대 B팀 경기가 있어 방문한 날, 추억의 햄버거 맛집이 있다고 해서 방문 한 곳이다. 간판에는 '43년 전통 수제버거'라고 쓰여있지만, 매년 간판을 바꿀 수 없으니 지금은 더 되었을, 정말 로컬 분식집이었다. 킥오프 시간이 얼마 남지 않아 경기장에서 먹으려고 포장했고, 경기장에 도착해서 열어 본 포일에 곱게 싸여진 햄버거 안에는 케요네즈 양념의 양배추와 계란프라이, 패티, 양파로 구성된 추억의 버거가 맞았다. 십여 년전, 충주 현대타운 지하에서 먹던 분식집 햄버거의 맛이었다. 홈이나 원정 응원을 다니다 보면 각 구단에서 섭외한 푸드트럭 메뉴에 크게 차이가 없다는 것을 알 수 있는데, 가끔 색다른 간식을 먹으며 직관하고 싶은 원정 팬들에게 꼭 추천하는 곳이다. 직관 간식을 미리 준비했다면, 주류와 간단한 안주류도 판매하고 있으니, 뒤풀이 장소로도 괜찮겠다.

🔍 ⋯⋯⋯⋯⋯⋯⋯⋯⋯⋯⋯⋯⋯⋯⋯⋯⋯⋯⋯⋯⋯⋯⋯⋯⋯⋯⋯⋯⋯⋯⋯

위치 강원 춘천시 금강로 2 **문의** 033-254-8995 **영업시간** 월~일 11:00~03:00(매주 수요일 정기휴무) **메뉴** 치즈버거 5,500원, 햄버거 5,000원, 떡라면 4,500원, 오므라이스 7,000원, 짬뽕라면 4,500원, 햄버거안주 15,000원 등 **주차** 주변 골목주차 가능

⚽ 선호라면 #해물라면 #제주도감성 #반려견동반가능

바닷가 근처를 혼자 방문하게 되는 날에는 대부분 해물라면을 먹는다. 바다의 맛은 느끼고 싶은데, 아무래도 회나 해산물보다는 혼자서 접근하기 쉽기 때문이다. 선호 라면의 해물라면은 제주도나 부산 등에서 먹었던 해물라면과는 달리 해물 '일본 라멘'에 가까운 맛이었다. 대기업에서 만든 빨간 라면 스프가 아니라 직접 만든 하얀 육수를 사용했고, 홍합, 새우, 가리비 등 재료를 아끼지 않은 모양이었다. 많은 해산물에 비해 비린 맛이 없어서 비린 맛에 약한 나도 편하게 먹을 수 있었고, 숙주나물이 잔뜩 들어있어 아주 시원했다. 특히, 가게 입구부터 모든 것이 제주도 감성으로 꾸며져 있어 여기가 강릉인지, 제주도 인지 헷갈릴 지경이었다. 평일 저녁 경기를 관람한 나는 저녁 경기 전에 방문했지만, 주말 낮 경기를 관람하며 맥주를 마신 분들이라면, 경기 이후에 방문하여 해장하는 편이 좋겠다.

위치 강원 강릉시 창해로362번길 5 문의 0507-1430-7966 영업시간 월~일 08:00~20:00 (16:00~17:00 브레이크타임 / 매주 수요일 정기휴무) 메뉴 매운고기짬뽕 11,000원, 해물라면 15,000원, 고기국밥 10,000원, 제주치즈돈까스 12,000원 등 주차 강문해변 공영주차장 이용

⚽ 카페 카르페 #의암호 #뷰맛집

직관을 다니다 보면 의외로 할머니와 손자, 부모님과 자녀로 보이는 구성의 직관러들을 자주 만날 수 있다. 물론 할머니나 엄마, 아빠가 축구를 좋아할 수도 있다. 사실은 정말 부럽다. 나도 가족과 직관을 다니며 같은 팀을 응원하고 싶다. 내가 궁금한 점은 '80대 이상으로 보이는 할머니도 과연 축구를 좋아해서 손자와 함께 직관을 다니는 것일까?'라는 점이다. 아닐 확률이 더 높지 않을까 싶은데, 그런 멤버 구성의 직관러들에게 꼭 추천하고 싶은 카페가 바로 여기다. 야외, 실내, 루프탑으로 공간이 구성되어 있는데, 초겨울에 방문했음에도 주문을 하고 무의식적으로 야외 좌석을 선택했을 만큼 손님의 연령대가 높았다. 나도 부모님과 춘천으로 직관을 온다면 의암호를 보며 힐링을 선물하고 싶은 카페로, 할머니와 손자, 엄마와 자녀로 보이는 구성의 팬들에게 꼭 추천하는 카페다.

위치 강원 춘천시 서면 박사로 740 문의 033-244-5556 영업시간 연중무휴 10:00~21:30 메뉴 스페니쉬라떼 7,000원, 카르페썸머라떼 8,500원, 생과일주스 9,500원, 버블티 8,000원, 라임모히또 9,000원, 브슈카라떼 7,500원, 아메리카노 6,000원 등 주차 가능(무료)

⚽ 카페 인필드 #손흥민카페 #축구공빵 #손흥민체육공원 #사진맛집

직관과 상관없이 개업과 동시에 오픈런을 했다. 손흥민 선수가 직접 운영하지 않아도 그만큼 의 가치가 있지 않은가. 주말에는 웨이팅이 많을 것으로 생각했기 때문에 평일로 결정했다. 자차가 아니라면 조금 불편할 수 있는 위치에 있는데도 택시를 이용하여 오픈런 하는 사람들 이 꽤 많았다. 주문하고, 메뉴가 나올 때까지 한 바퀴 돌며 사진을 찍었는데, 사진 맛집이 틀림 없었다. 나는 아이스 아메리카노와 축구공 빵, 코너킥 존을 예상케 하는 빨미까레를 주문했 다. 사실 초콜릿을 좋아하지 않아 빨미까레보다는 축구공 빵의 모양과 맛이 인상적이었다. 축 구공 빵은 달달한 크림으로 가득 차 있었는데 많이 달지 않아 단맛을 좋아하지 않는 나도 부 담 없이 즐길 수 있었다. 손흥민 선수를 응원하는 축구팬이라면 개인 브랜드도 입점해있으니 카페와 쇼핑이 한번에 가능한 점을 기억하자. 그런데, 아직 가보지 않은 사람이 있을까?

위치 강원 춘천시 동면 가락재로 40 문의 0507-1354-5904 영업시간 월~일 11:00~20:00 (19:30 라스트오더) 메뉴 크림컴트루 7,000, 대파베이글 6,500원, 부들소금빵 3,500원, 축구 공빵 4,800원, 잠봉샌드위치 8,000원, 빨미까레 5,200원 등 주차 가능(무료)

⚽ 카페 체로 #강문해변 #뷰맛집 #북카페 #조용한카페

강릉종합운동장까지 왔는데, 바다를 보지 않고 집으로 바로 가는 것은 '축구 더하기 여행'인 나에게 어울리지 않아 자주 방문했던 강문해변에 들렀다. 나는 바다에 오면 아주 잠깐이라도 바다를 보며 조용히 아무 생각 없이 멍하니 보내는 시간을 즐기는 편이다. 그런데 이날은 햇볕이 너무 뜨거워서 도저히 해변에 있을 수가 없었다. 바다가 잘 보이는 카페를 찾아 공영주차장에서 제일 가깝게 검색되는 '체로'에 들렀다. 들어와서 보니 북 카페였는데, 오히려 독립서점을 좋아하는 나로서는 아주 좋은 선택이었다. 바다를 정면으로 볼 수 있는 좌식 테이블과 일반 테이블석, 야외 좌석으로 나누어져 있어서 취향에 따라 원하는 좌석에서 나만의 시간을 보낼 수 있는 카페였다. 책을 읽지 않아도, 구매하지 않아도 되지만 북 카페인 만큼 조용한 분위기로, 경기장에서의 응원 열기로 피곤한 귀를 조용하게 할 수 있는 최적의 공간이다.

위치 강원 강릉시 창해로350번길 21 문의 033-651-7275 영업시간 화~금 10:00~20:00 토~일 09:00~20:00 월 11:00~20:00 메뉴 체로라떼 6,000원, 서리태라떼 6,000원, 딸기크로플 7,500원, 레몬에이드 6,000원, 딸기라떼 6,500원 등 주차 강문해변 공영주차장 이용(유료)

⚽ **허스크밀** #강문해변 #경포대 #대형카페 #주차장넓음

킥오프까지 시간이 남아 대기하며 유튜브 영상 편집이나 할까 생각하며 좌석 간 거리가 넓은 곳으로 검색하여 찾아간 카페. 일단, 주차장이 매우 넓어 마음에 들었고, 입장하자마자 정원 느낌으로 꾸며진 공간이 눈에 들어왔다. 2층 건물이지만 중정 느낌으로 중간 부분이 2층 천장까지 뚫려 있어 개방감이 시원했다. 아이스 아메리카노와 딸기 타르트를 골라 자리로 돌아와 영상 편집을 하며 킥오프 시간이 되기를 기다렸다. 아이스 아메리카노에는 산미가 없어 아주 마음에 들었고, 딸기 타르트에는 딸기가 잔뜩 들어있어 구매 전에 이 가격이 맞는 건지 잠시 고민했던 마음이 사라졌다. 만약, 데이트 삼아 직관 온 커플 중에 축구를 좋아하지 않는 여자친구가 있다면, 직관 전후로 허스크밀에 들러 달달한 디저트와 SNS용 사진을 찍어준다면 경기 시간 2시간쯤은 충분히 버틸 수 있는 원동력이 될 수 있지 않을까?

위치 강원 강릉시 난설헌로 219번길 20-8 문의 033-653-1332 영업시간 월~일 09:00~22:30(22:00 라스트오더) 메뉴 인절미크림라떼 6,500원, 말차바닐라크림라떼 6,500원, 먹물치즈크림라떼 6,500원, 생딸기라떼 7,000원, 히비스커스에이드 7,000원 등 주차 가능(무료)

⚽ **제이드가든** #사진맛집 #드라마촬영지 #힐링코스

드라마와 광고 촬영지로 유명하다. 사실 이곳의 주소는 춘천이지만 경기장에서 거리가 좀 떨어져 있어 서울/경기권에 거주하고 있는 축구팬들이 경기장으로 가기 전이나 원정 응원을 핑계 삼아 여행을 다니는 축구 팬들에게 추천하는 곳이다. 한때 나의 어머니가 본방, 재방, 삼방까지 보던 드라마 〈신사와 아가씨〉의 주 촬영지로 많이 알려진 곳이다. 평소에도 많은 사람이 가족, 친구, 연인끼리 나들이 삼아 많이 방문하는 곳으로, 이미 유명한 이곳을 추천하는 이유는 작은 유럽을 모티브로 만든 수목원으로 약 10개 정도의 테마로 구성되어 있기 때문이다. 산책길 바닥은 우드칩으로 되어 있어 발이 전혀 불편하지 않아 걷는 것을 정말 싫어하는 나도 편하게 돌아볼 수 있는 구조로 되어 있다. 아직 가보지 못한 축구 팬들이 있다면 꼭 한번 가보도록 하자!

위치 강원 춘천시 남산면 햇골길 80 문의 033-260-8300 영업시간 연중무휴 09:00~18:00 (대관 일정에 따라 휴관 가능) 입장료 성인 10,000원, 청소년 6,000원, 어린이 5,000원, 경로 장애인 국가유공자 7,000원, 군인 경찰관 소방관 6,000원 주차 가능(무료)

⚽ 소양강 스카이워크 #스릴만점 #전망대 #사진맛집 #뷰맛집

강 위로 총 길이 174m의 투명 유리로 된 다리이다. 어딘가로 연결된 다리는 아니지만 투명 유리를 밟고 끝까지 가면 강 중간쯤에 있는 원형의 전망대에서 풍경을 즐길 수 있다. 바닥이 유리이기 때문에 덧신을 신고 입장해야 하는데, 나는 덧신을 받는 순간부터 아무 생각이 들지 않았다. 사실 나는 쓸데없는 상상력과 겁이 많은 편이라 유리가 깨지거나 물에 빠지고, 구조가 되지 않는 상황까지 상상하곤 한다. 그래도 입장료를 지불했으니까 난간을 붙잡고 이동했다. 간신히 도착한 전망대에서자 나는 다리가 더 후들 거렸는데, 사람들은 스릴에 반하고, 풍경에 한 번 더 반하는 눈치였다. 그래도 난간을 붙잡고 멀리 내다보니 정말 경치가 좋았고, 건물이 없어 바람이 꽤나 시원했다. 스카이워크를 이용하지 않더라도 데크 위에 벤치가 많아 강원 원정에서 전북현대가 졌을 때 집에 가기 전, 속을 다스리는 공간으로 애용할 것 같다.

위치 강원 춘천시 영서로 2663 문의 033-240-1695 영업시간 월~일 10:00~21:00(동절기 10:00~18:00 / 날씨에 따라 휴장 및 개장 지연 가능) 입장료 2,000원(경로, 유아, 장애인, 국가유공자, 춘천시민 무료) 주차 가능(무료)

⚽ 강문해변 #사진맛집 #데이트코스 #강릉대표해변

가끔 멀리 원정 응원까지 갔는데 전북현대가 경기에서 지는 날은 집까지 돌아오는 길이 매우 지루하고, 답답하게 느껴진다. 만약, 강릉종합운동장으로 원정 응원을 와서 나의 팀이 졌다면 강문해변에 들러 마음을 다스리고 귀가하는 것을 추천한다. 강문해변은 강릉을 찾는 대부분 사람이 방문하는 대표 해변 중의 한 곳이다. 동해답게 멀리 크고 작은 섬이 없어 시야가 깨끗하게 뚫려 있어 시원한 풍경을 자랑하는 바다이기도 하며, 각종 조형물로 포토존이 잘 구성되어 있다. 경포 해변 바로 옆에 있어, 주변으로 맛집이 아주 많아 나도 강릉에 방문할 때면 꼭 방문하는 해변 중의 한 곳이다. 앞에서 소개한 선호라면, 체로, 허스크밀이 바로 강문해변 주변에 있으니, 꼭 방문해 보길 바란다. 강문해변에서 파도 소리와 함께 한숨을 날려버리면 경기 결과는 금세 머릿속에서 사라진다.

위치 **강원 강릉시 창해로350번길 7** 문의 **033-640-4920** 영업시간 **연중무휴 00:00~24:00**
입장료 **무료** 주차 **가능(유료)**

율곡이이

⚽ **오죽헌** #가족단위 #오천원권 #율곡이이 #신사임당

우리나라 지폐 오천 원권에 등장하는 율곡 이이가 출생한 곳으로 조선시대 중종 때 건립된 건물이라고 한다. 입구에서부터 오천 원 구권의 배경이 되는 장소까지 꽤 걸어가야 하지만, 그 사이에 수목원처럼 각종 나무와 율곡 이이의 동상까지 빼놓지 않고 잘 설명이 되어 있어 들어가는 길이 지루하지 않다. 생가를 구경하고, 바로 옆에 있는 기념관까지 교육적인 내용이 참 많아 가족 단위 또는 아이와 함께 축구 직관하러 다니는 분들께 적합한 곳이라고 생각한다. 내가 방문했을 때는 평일임에도 단체로 방문한 내.외국인 관광객들이 많았다. 또한, 이곳과 관련된 영화에 출연한 배우들의 핸드프린팅이 이동 경로에 있는데, 핸드프린팅을 배경으로 사진을 찍는 사람들이 많았다. 축구 직관을 핑계 삼아 아이들과 가족 단위로 매주 여행을 다니는 축구 팬이라면 교육적인 측면에서 꼭 한번 들러보기를 추천한다.

위치 강원 강릉시 율곡로 3139번길 24 문의 033-660-3301 영업시간 월~일 09:00~18:00 (17:00 입장마감) 입장료 어른 3,000원, 청소년 2,000원, 어린이 1,000원, 경로(65세 이상 무료) 주차 가능(무료)

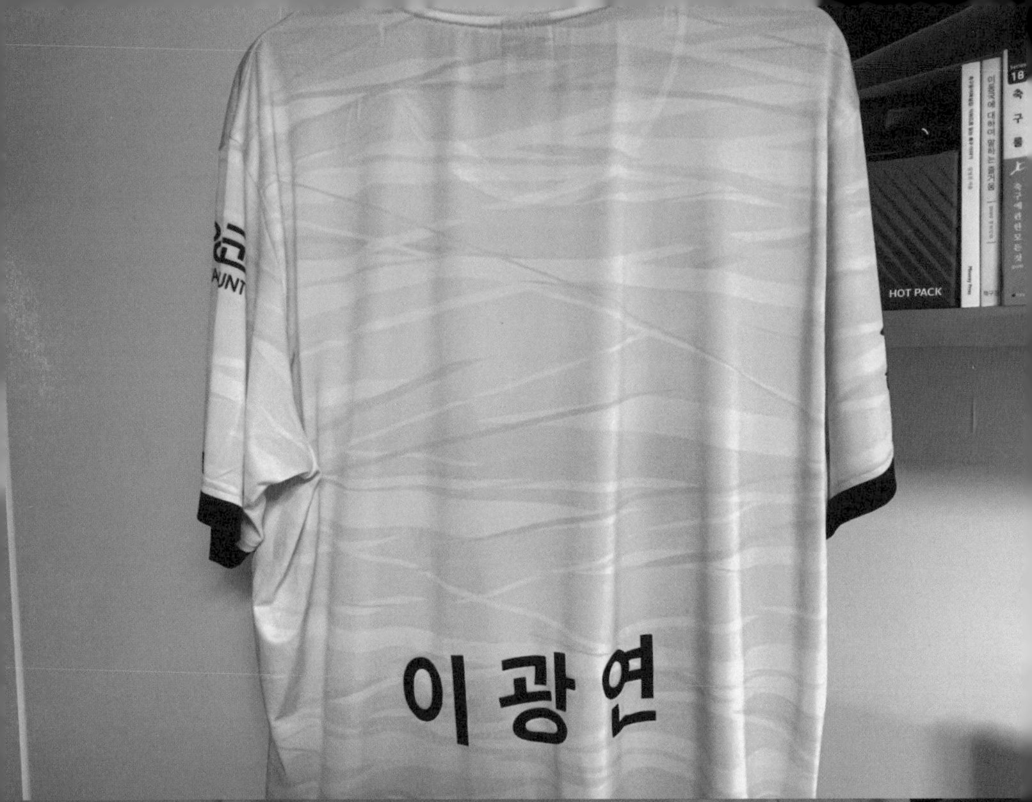
이광연
HOT PACK
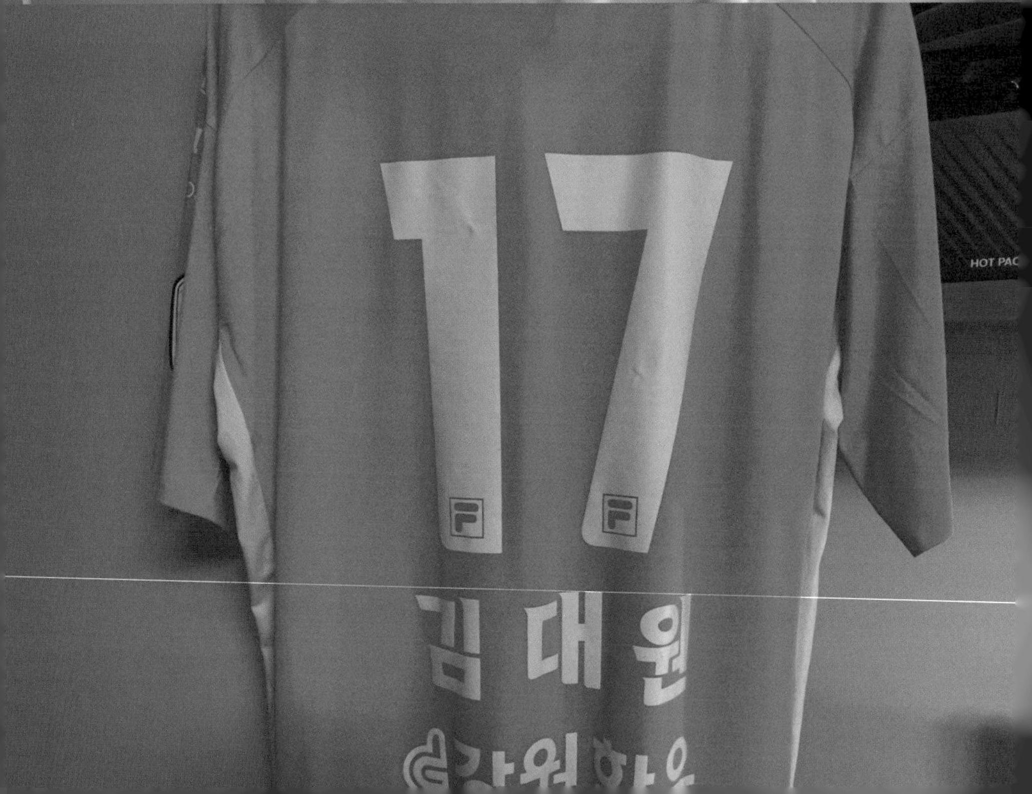
17
김대원

🏁 번호 마킹없는 유니폼

2021년으로 기억하는 강릉종합운동장에서의 전북현대 원정 경기 당일. 언제나처럼 도착하자마자 MD샵에 들렀다. 1부 리그 구단의 MD샵이라고 하기에는 아주 작은 크기의 사무실 한 칸에 창고 느낌으로 사용하고 있어서 조금 놀랐지만, 정신을 차려보니 어느새 내 손에는 골키퍼 이광연 선수의 유니폼이 들려있었다. 유니폼은 당연히 마킹을 해야 하지 않는가? 풀 마킹으로 결제를 하고 밖으로 나와 마킹 존에서 이광연 선수로 마킹을 하겠다고 말을 하고 잠시 기다리니 선수 이름은 있는데 번호가 없단다. 이게 무슨 일인가? 보통 이름과 번호는 한 세트인데, 그럴 수가 있나 싶어서 다시 한번만 찾아봐달라고 요청했는데 진짜 없다고 했다. 그러면서 담당 직원은 나에게 마킹은 다음 직관 때 와서 하거나, 오늘 일단 이름만 마킹하고 번호는 다음에 와서 하는 것이 어떻겠냐고 물었다. 이후 내 당황한 표정을 읽었는지, 다음 직관 계획이 없다면 다른 번호에서 잘라서 마킹해주냐고 물었다. 그런데 그렇게 마킹을 하면 원래 이광연 선수의 마킹과는 조금 다를 수 있다고 했다. 이게 무슨…. 나는 뭐든지 바로 내 손에 들어오는 것을 좋아해서 가능한 대면으로 구입하는 스타일인데…. 이런!! 잠시 고민 후에 나는 이름만 마킹하고, 다음에 와서 번호를 마킹하겠다고 말하며 어떻게 나를 기억할 것인지 물었다. 그 직원은 내 얼굴을 꼭 기억하고 있겠다고 했다. 마지못해 알겠다고 대답하고 이름만 마킹된, 번호가 없는 유니폼을 들고 왔다. 그러고 나는 그 해, 강원FC 직관을 다시 가지 못했다. 이것도 추억이지 뭐!!!

2022년 어느 날, 전북현대의 원정 경기로 다시 강릉종합운동장을 찾았다. 해가 바뀌었으니 유니폼을 다시 구입해야 했다. 결제하고 마킹 존에 줄을 섰는데, 전년도에 봤던 직원이 나를 보며 "오랜만에 오셨네요."라며 말을 걸었다. 마킹 사건은 빼고 얼굴만 기억하는 눈치였다. 이런! '저번에 이광연 선수 유니폼 마킹 번호….'라는 말이 입안에서 맴돌았지만 끝내 나는 말을 꺼내지 못하고 그렇게 김대원 선수의 유니폼만 구입하고 뒤돌아 나오며 생각했다.

'어차피 올해 거 아니어서 못 할 텐데 뭐….'

17:54

하나1Q원큐 | K LEAGUE 2023 승강PO

1차전

 VS

김포FC VS 강원FC

한국서부발전
김포발전본부

우람엔지니어링(주)

SUNDERLAND
OF SCOTLAND

하나1Q원큐

🏁 극적 잔류 성공

2023년 12월 6일 수요일, 김포 솔터 축구장에서 진행되는 승강 플레이오프 1차전 '김포 FC vs 강원FC' 경기를 다녀왔다. 경기 전까지 비가 많이 와서 지붕이 없는 솔터 구장의 특성상 예매를 취소해야 하나 여러 번 고민했지만 다행히 경기 시작 전에 비가 그쳐 입장할 수 있었다. 경기 시작 전에 보니 중간중간 비어있는 좌석이 있었지만 소문에는 매진인 것 같았다. 아마도 궂은 날씨 탓에 오지 않은 사람도 있었으리라, 그렇게 경기는 시작되었다. 나는 강원의 팬도, 김포의 팬도 아니지만 세미프로 리그인 K3리그에 참가하던 김포FC가 프로 리그인 K리그2로 참가한 지 2년 만에 'K리그1'로 승격할 수 있는 기회인 승강 플레이오프까지 올라온 무서운 김포에 강원이 어떠한 경기력으로 대응하는지 매우 궁금했다.

궂은 날씨 탓에 경기장 시야가 그리 깨끗한 편은 아니었는데, 추위와 끝까지 싸워 직관한 경기 결과는 0:0 무승부. 이날의 경기만 봤을 때는 분명 1부와 2부 리그 경기력의 차이는 종이 한 장 차이인 것 같았다. 강원은 패스 미스가 굉장히 잦았고, 그에 비하여 김포의 수비진과 골키퍼의 선방 수준이 높아 보였기 때문이다. 물론 김포가 유효슈팅이 없었던 것은 참으로 아쉬운 일이지만 말이다.

2023년 12월 9일 토요일, 승강 플레이오프 2차전이 진행되는 당일. 나는 수원FC의 경기 결과가 더 우선이었기에 강원과 김포의 경기는 다시 보기로 보게 되었다. 1차전에서 내가 느꼈던 종이 한 장의 경기력 차이라는 것은 대단한 착각이었다. 선수들의 정신력, 전술 등 모든 것이 강원이 압도적인 것 같았다. 아무래도 홈이라는 이점이 적용되지 않았을까. 경기 결과는 2 : 1로 강원의 승리. 강원의 잔류 성공이었다. 절체절명의 순간 발휘된 강원의 능력에 박수를 보낸다.

강원은 할 수 있는 구단이라는 것을 보여준 경기였다. 프리시즌 동안 준비를 잘해서 2024 시즌 마지막에는 활짝 웃을 수 있는 강원을 기대해 본다.

강원FC 34

광주
FC

사진출처: 광주FC 홈페이지

STARTING LINE-UP

FOOD	CAFE	TRIP
풍미식당	슈퍼베이글마켓	국립아시아문화전당
박소영왕만두	패러슈트	여행자의 ZIP
양동통닭	헤이키커피 양림동점	휴심정
남도식당		책과생활
아메리칸부밍하우스		

⚽풍미식당 #한식맛집 #로컬맛집 #웨이팅주의

광주는 참 멀었다. 당일치기는 힘들 것 같아 1박을 계획했다. 광주 음식의 맛은 기본적으로 평균 이상이라는 말을 듣고 간 터라 숙소에서 가까운 로컬 맛집으로 검색되는 곳을 찾았다. 오후 다섯 시, 브레이크 타임이 끝나는 시간에 맞춰 들어갔는데, 5분만 늦게 들어갔으면 대기했어야 할 만큼 금세 만석이 되었다. 돼지주물럭이 시그니처 메뉴인 듯 보였으나 나는 혼자였기에 양푼이 비빔밥을 주문했다. 비빔밥을 보는 순간 왜 이곳이 맛집일까라는 생각이 들 정도로 진짜 평범한 비주얼이었지만, 왼손으로 비비고 오른손으로 비벼 한입 가득 넣는 순간 맛집 타이틀을 의심했던 것을 후회했다. 평범한 재료로 평범하지 않은 맛을 내는 곳, 식당 이름이 이해되었다. 풍미의 사전적 의미 '음식의 고상한 맛'은 바로 풍미 식당을 뜻하는 것이 확실했다. 광주에서의 원정이 처음이라면 무조건 '풍미 식당'이 답이다.

위치 광주 광산구 월계로 217 문의 0507-1430-2282 영업시간 월~토 11:30~21:00 (15:00~17:00 브레이크타임 / 20:30 라스트오더) 메뉴 애호박찌개 9,000원, 돼지주물럭(2인이상) 12,000원, 양푼이비빔밥 9,000원, 닭볶음탕 30,000원, 삼겹살 14,000원 등 주차 가능(유료)

⚽박소영왕만두 #얇은피만두 #운암동만두맛집 #포장전문

만두 귀신, 나를 아는 모두가 나를 표현하는 말이다. 만두가 있다면 만두를 다 먹을 때까지 만두로만 끼니를 해결할 정도로 만두를 좋아한다. 그래서 가끔은 만두 맛집을 찾아다니기도 한다. 광주에서 만두 맛집을 검색해 보니 '박소영 왕만두'와 'ㅎ만두'가 검색되었다. 그중에서 기본 만두가 유명한 이곳을 방문했다. 많은 만두 경험을 토대로 보면 고기만두보다 김치만두 맛집을 찾기가 힘든데, 이곳은 정말 맛집이 맞았다. 만두피가 다른 곳보다 얇아 만두소의 맛이 그대로 느껴지는 맛이었다. 포장 전문점이어서 그 자리에서 따듯한 만두를 맛볼 수 없지만 원한다면 보냉 백을 단돈 천 원에 구입할 수 있어 경기장에서도 따듯한 만두의 맛을 즐길 수 있다. 축구 경기를 보며 먹는 간식은 간단하고 먹기 편한 음식이 좋은데, 박소영 왕만두가 정답이 아닐까 싶다.

위치 광주 북구 대자로 64 문의 070-8654-3382 영업시간 화~일 12:00~18:00(매주 월요일, 마지막주 일요일 정기휴무) 메뉴 작은고기만두 4,000원, 작은김치만두 4,000원, 왕만두 1개 2,000원 등 주차 불가(주변 유료 주차장 이용 또는 매장 앞 잠시 주차 가능)

⚽ 양동통닭 #백종원의3대천왕 #양동전통시장 #옛날통닭 #SINCE1969

경기장을 가보면 다양한 프랜차이즈 업체의 치킨을 포장해 온 팬들을 많이 볼 수 있는데, 나 홀로 직관에 치킨 한 마리는 과하다. 대신 숙소에서 먹을 생각으로 광주 치킨 맛집을 검색하 니 '양동 통닭'과 'ㅅ통닭'이 나란히 검색되었고, 아무 이유 없이 더 끌리는 곳으로 방문했다. 도착하고 보니 두 가게가 마주 보고 있어 너무 당황스러웠다. 굉장히 어중간한 점심과 저녁 사이 방문했는데, 이미 만석이었다. 다행히 미리 주문 전화를 하고 가서 긴 기다림 없이 갓 튀 긴 프라이드 한 마리를 받을 수 있었는데, 잠시 포장을 기다리는 동안 드나드는 손님들을 구 경하니 맛집임이 틀림없었다. 바로 숙소로 가지 않아, 식은 후에 먹었음에도 눅눅해지지 않 아 바삭함을 그대로 맛볼 수 있었다. 또 튀김 옷이 이렇게 얇은 치킨은 정말 오랜만이었다. 남 녀노소 좋아할 옛날 통닭의 맛을 느끼고 싶다면 방문해 보길 바란다.

위치 광주 서구 천변좌로 260-1 문의 062-364-5410 영업시간 연중무휴 07:00~23:30 메뉴 후라이드 21,000원, 양념치킨 23,000원, 반반치킨 23,000원, 똥집튀김 6,000원 등 주차 양 동복개상가 공영주차장 이용(유료)

⚽남도식당 #집밥 #백반 #아침식사가능

평소 출근을 하거나 집에 있는 날에는 아침밥을 거의 먹지 않는다. 사실, 아침만큼은 밥보다 잠이기 때문인데, 여행을 가서는 항상 아침밥을 중요하게 생각하는 편이다. 직관 여행이 아니라면 호텔 조식을 선택하는 편이지만, 간단하게 직관 여행으로 1박을 계획한 경우라면 지역 맛집을 들러보는 편이다. 광주에 남도식당이란 이름의 식당이 많았지만, 간단하게 백반(집밥)을 맛보고자 들린 그중의 한 곳이다. 7,000원으로 밥, 국 7가지 반찬, 그리고 제육볶음이 기본으로 나오는데 반찬은 날마다 사장님의 의견대로 바뀐다고 한다. 7,000원이라 사실 맛의 퀄리티는 기대하지 않았는데, 간도 딱 맞고 제육볶음의 양과 퀄리티가 이미 7,000원을 넘을 것 같았다. 배불리 먹고 나오는데 "준비 전에 들어와서 미처 계란말이를 하기 전이라 계란 프라이로 대체한 거니 다음에 또 와요."라고 사장님이 말씀하셨다.

위치 광주 남구 독립로 9-3 문의 062-674-9595 영업시간 아침식사부터 음주 시간까지 메뉴 백반 7,000원, 생삼겹살 10,000원, 애호박찌개(2인이상) 10,000원, 제육볶음(2인이상) 12,000원, 코다리조림(2인이상) 15,000원 등 주차 가능(무료)

⚽ 아메리칸부밍하우스 #미국그자체 #수제버거 #미국식핫도그

핫도그는 경기장 푸드트럭 메뉴 중에서 닭강정과 타코야끼 뒤를 이은 3순위 정도로 흔한 메뉴다. 언젠가 내 배달 앱 주문 건수의 대부분을 차지하고 있었을 정도로 핫도그에 빠져 있던 때가 있었다. 나무젓가락에 꽂힌 옛날 핫도그가 아닌 미국식 핫도그 말이다. 그 '미국식 핫도그'라는 단어로 나를 방문하게 한 가게가 바로 '아메리칸부밍하우스'다. 미국을 가본 적은 없지만 간판, 내부 인테리어, 매장 냄새 모든 게 미국이었다. 경기를 보며 먹을 생각에 미국식 칠리 핫도그를 주문했다. 가본 적이 없으니 미국식 핫도그의 맛은 모르지만 한 입 베어 무는 순간 '이게 미국의 맛인가?'라는 생각이 들었다. 상상 속의 미국 맛 바로 그 자체랄까? 평소 할라피뇨를 좋아하지 않았지만 대왕 소시지 밑에 숨겨진 할라피뇨가 핫도그의 맛을 완벽하게 잡아 주었다. 푸드트럭과 차원이 다른 핫도그의 맛을 느껴보고 싶다면 방문해 보자.

위치 광주 광산구 임방울대로 826번길 19-20 문의 0507-1469-3037 영업시간 연중무휴 11:00~22:00(21:30 라스트오더) 메뉴 미국식칠리핫도그 6,900원, 체다스커트버거 11,800원, 칠리버거 9,800원, 치즈버거 9,200원, 트러플치즈핫도그 6,200원 등 주차 가능(유료)

⚽ 슈퍼베이글마켓 #광주대표베이글맛집 #양림동 #미국느낌

뉴욕 길거리 조그마한 가게 컨셉. 쫀득한 베이글과 꾸덕한 크림치즈를 좋아하는 나는 들어가지 않을 수 없었다. 들어가자마자 성조기와 미국 느낌의 포스터에 영어로 기재된 메뉴까지. 여기가 미국인가 양림동인가 싶었다. 어니언 베이글에 어니언 크림치즈로 선택하고 포장했다. 매장에는 6~7명 정도 앉을 수 있는 좌석이 있었고 외국인이 매장을 즐기고 있었지만 나는 피크닉 분위기를 내고 싶었다. 그런데 사장님이 베이글을 전해주며 "전자레인지에 30초 돌려 드세요!"라고 설명하셨다. 결국 경기를 보며 먹지 못하고, 집까지 돌아와 오랜 시간 후에 베이글을 맛봤다. 다른 베이글 맛집의 어니언 크림치즈보다 양파의 맛이 조금 강했다. 다행히 매운맛은 없었지만 새콤한 맛이 강해서 처음에는 당황했지만, 먹다 보니 한입 남은 베이글에 조금 서운한 느낌이 들었다. 베이글과 함께하는 직관은 미국 리그를 보는 기분이 들까?

위치 광주 남구 백서로 85　문의 0507-1447-0531　영업시간 연중무휴 10:00~21:00(20:30 라스트오더)　메뉴 소금베이글 4,700원, 어니언베이글 4,400원, 참깨베이글 4,300원, 감자치즈베이글 4,600원, 스프 6,800원 등　주차 양림역사마을 제1공영주차장 이용(2시간 무료)

⚽️패러슈트 #바이닐카페 #사운드바 #낮엔카페 #밤엔바

나는 음악을 좋아한다. 집에서 할 일 없을 때, 운전할 때, 길을 걸을 때 항상 음악이랑 생활한다. 책을 읽거나 공부할 때를 넘어 바이닐 카페(LP 카페)나 바를 가끔 일부러 찾아가 음악을 즐기곤 한다. 광주 원정을 핑계 삼아 광주 곳곳을 여행하다 보니 생각보다 광주에 힙하고 재미있는 곳이 많았다. 그래서 문득 광주의 MZ들은 어디를 가는지 궁금해져서 검색하고 방문했는데 '힙' 그 자체였다. 낮엔 카페, 밤엔 바로 운영하는 곳인데, 매장에 들어서자마자 우드 톤으로 무드 있게 된 인테리어에 한 번 반하고, 내가 좋아하는 아티스트의 앨범이 전시되어 있어 어딘가 믿음직스러운 느낌까지 들었다. 아이스 아메리카노 한 잔을 주문하고 자리에 와서 플레이되는 영상과 음악에 집중했다. 카페의 모든 분위기가 커피의 맛을 조금 더 진하게 만들어 주는 기분이었다. 음악이나 분위기를 즐기는 축구 팬에게 뒤풀이 장소로 추천한다.

위치 광주 동구 장동로 4-1 문의 0507-1308-3894 영업시간 연중무휴 12:00~24:00(23:30 라스트오더) 메뉴 커스터드푸딩 6,000원, 과카몰리 10,000원, 브리치즈구이 12,000원, 그린 올리브 6,000원 등 주차 불가(주변 공영주차장 또는 국립아시아문화전당 주차장 이용)

⚽ 헤이키커피 양림동점 #한옥카페 #감성가득 #저가형카페 #소금빵맛집

한옥식 외관에 모던한 인테리어로 꾸며진 감성 카페. 사실 소금빵 맛집이라고 해서 들렀다. 나는 비교적 양념이나 간이 세지 않은 음식과 빵을 좋아하는 편이라, 어느 지인은 내가 좋아하는 빵을 '밋밋한 빵'이라고 표현한다. '소금빵'은 두 번째로 좋아하는데, 이곳의 소금빵은 겉바속촉의 정석이라고 말할 수 있다. 겉으로 보이는 질감은 바게트같이 거칠지만, 자르는 순간 촉촉하고 쫄깃한 속을 맛볼 수 있다. 먼저 아이스 아메리카노로 시원하게 목을 적셔준 후, 소금빵 한 입을 베어 물면 입안에서 느낄 수 있는 최대의 행복을 느낄 수 있다. 맛도 맛이지만 헤이키커피의 최대 장점은 저렴한 가격이 아닐까 싶다. 사실 바리스타 이름을 내세운 카페가 아니라면 커피의 가격이 커피보다 자릿세라고 생각하는 요즘, 이렇게 모던하고 깔끔한 카페의 가격이 저가형 카페의 가격과 비슷한 것은 헤이키커피의 장점이 확실하다.

위치 광주 남구 백서로 80-1 문의 0507-1365-0307 영업시간 연중무휴 10:00~21:00 메뉴 밀키라떼 4,500원, 아메리카노 2,000원, 약과쿠키 4,000원, 딥바닐라라떼 4,500원, 초당옥수수크림라떼 4,800원 등 주차 양림역사마을 제1공영주차장 이용(2시간 무료)

⚽ 국립아시아문화전당 #문화데이트 #전시 #공연 #산책가능

나는 실용음악과 공연기획을 전공했고, 한때 문화 예술과 관련된 곳에서 일을 한 적이 있다. 그래서 최대한 그와 관련된 전시와 공연을 자주 보려고 노력했는데, 정해진 시간에 관람해야 하는 공연보다 시간적 여유가 생겼을 때나 원하는 시간에 관람이 가능한 전시를 보러 가는 횟수가 더 많은 게 현실이었다. 국립아시아문화전당 이곳도 그랬다. 축구 경기 시간에 따라 계획된 일정 사이에 잠깐 시간이 생겨 방문했다. 때마침 두 가지의 기획 전시가 진행되고 있었고, 그중에 무료 전시를 선택했다. 당연한 이야기겠지만, 무료 전시라고 하기엔 작품과 전시의 완성도가 매우 높았다. 원정 팬이라면 광주 방문이 잦을 수는 없겠지만, 가족, 커플 단위의 광주 홈팬이라면 직관 전 데이트 코스로 아주 적합할 것 같은 공간이다. 아, 여름에는 잔디광장에서 피크닉도 가능하다고 하니 참고해 보자!

위치 광주 동구 문화전당로 38 문의 1899-5566 영업시간 화~금, 일 10:00~18:00 수, 토 10:00~20:00(매주 월요일 정기휴무) 입장료 공연, 전시에 따라 상이함 주차 가능(유료)

⚽ 여행자의 zip #여행자의 #여행자에의한 #여행자를위한

경기를 핑계 삼아 광주를 여행하면서 광주에 대한 이미지가 싹 바뀌었다. 당연한 이야기겠지만, 나도 모르게 과거의 광주 이미지가 저장되었던 것 같다. 광주 여행 추천지를 검색하던 중, 광주에 대한 정보를 얻고 잠시 쉬어갈 수 있는 공간이 있다고 해서 네이버 예약으로 예약하고 시간에 맞춰 방문했다. 본인 확인 후, 공간에 대한 간단한 설명을 듣고 지하 1층에서 무등산의 사계절을 관람했다. 아주 간단하고 작은 전시 공간이었지만 사진 맛집이었다. 1층으로 올라와 제작 판매하는 각종 굿즈를 구경했는데, 순간 지름신을 참지 못할 뻔했다. 2층, 드디어 내가 예약한 '여행 중의 쉼'을 테마로 한 공간으로 1인당 1개의 음료와 1개의 토스트를 무료로 먹을 수 있었다. 단, 공용 공간인 만큼 설거지와 뒤처리는 알잘딱깔센으로다가!! '광주인심이란 이런 것인가?'라는 생각을 하며 나는 잠시나마 여행의 피로를 풀었다.

위치 광주 동구 동계천로 137-17 문의 070-7733-4680 영업시간 11:00~20:00(매주 월요일 정기휴무) 입장료 프로그램에 따라 상이(네이버 예약 참조) 주차 불가(주변 공영주차장 또는 국립아시아문화전당 주차장 이용)

⚽ 휴심정 #광주민간정원1호 #수목원 #수목원카페 #마음이쉬는곳

광주광역시 민간 정원 1호 휴심정. '카페와 휴심정 중에 메인이 무엇일까?'라는 생각이 들 정
도로 대형 카페로 보였다. 카페를 이용하진 않았지만, 수목원에 가려면 카페를 통과해야 했
기에 살짝 구경만 한 카페에는 베이커리 종류가 상당히 많아 수목원으로 향하는 내 발이 쉽
게 떨어지지 않았기 때문이다. 나는 축구장 빼고 사람이 많은 곳을 좋아하는 편이 아니기에,
어중간한 시간에 방문했음에도 수목원과 카페를 즐기는 손님들이 무척 많아 사진을 찍기가
어려울 정도였다. 카페를 겨우 통과하여 수목원으로 나가자 카페를 둘러싼 모든 공간이 수목
원이었는데, 대형 수목원보다는 당연히 작은 편이지만 따로 산에 올라가지 않아도 맡아지는
피톤치드에 취할 수 있다. 그만큼 충분히 힐링을 할 수 있는 장소이기 때문에 매 순간 열정적
인 응원을 하는 각 팀 서포터즈 분들이 경기 후에 방문해서 쉼을 누릴 수 있는 공간으로 추천
한다.

위치 광주 광산구 임방울대로 611-25 문의 0507-1385-8029 영업시간 연중무휴 10:00~22
:00 입장료 무료(카페 또는 레스토랑 이용 별도) 주차 가능(무료)

⚽책과 생활 #북카페 #독립서점 #사진맛집 #책책책책을읽읍시다

나는 여행지의 독립서점을 방문하는 것을 즐긴다. 여행지에서 구매한 책은 여행의 기억이 있어서 읽을 때마다 여행지에서 느꼈던 감정을 다시 느끼게 해주기 때문이다. 사실 이곳은 계획적으로 방문한 것이 아니라 주차장을 찾다가 발견했다. 다른 독립서점에 비해 다양한 주제의 책이 있었고, 음료 종류도 다양하게 있어 조용하게 책을 읽어볼 수 있는 곳이었다. 판매용과 미리 보기용 책이 구분되어 있으니, 주의한다면 얼마든지 자유롭게 이용이 가능하다. 나는 이 책을 작업하고 있는 시기에 방문해서 '책 만들기'와 관련된 내용의 책 두 권을 구입했고, 여행을 마치고 집에 와서 완독했다. 오랜만에 소설이 아닌 장르로 마음에 쏙 드는 책을 구입한 것 같아 뿌듯했다. 원정 직관의 기억이 있는 책 한 권쯤은 가지고 있는 것도 꽤 만족스럽지 않을까?

위치 광주 동구 제봉로 100-1 2층   문의 0507-1309-9231   영업시간 월~토 12:00~20:00 일 12:00~18:00(매월 마지막주 월요일 휴무)   입장료 무료(음료 및 도서구입 별도)   주차 불가 (주변 공영주차장 또는 국립아시아문화전당 주차장 이용)

사진출처: 광주FC 홈페이지

🏁 하늘 맛집, 광주축구전용구장

솔직히 광주축구전용구장에 도착하자마자 든 내 생각은 '이게 어딜 봐서 축구전용구장이라는 거지?'였다. 3면이 없는 광주 월드컵 경기장 보조구장에 가변 석을 두어 만든 구장인데 이걸 어떻게 축구전용구장이라고 할까? 정말 그랬다. 최근 프로팀에서 운영하는 B팀의 홈구장이라면 어느 정도는 이해가 갈만한 상황이겠다. 솔직히 전북현대 B팀의 홈구장인 완주군 공설운동장에 가변 석을 설치한 느낌이었으니까. 그런데 '축구전용'이라는 단어의 의미를 생각해 보면, 축구 말고는 정말 할 수 있는 것이 없을 정도의 구장이니 '축구전용구장'이라는 표현도 맞긴 맞겠다. 더욱이 광주 월드컵 경기장을 바로 옆에 두고 이 구장을 메인 홈구장으로 이용한다는 점은 정말 의아할 정도였다.

집에 와서 이것저것 검색해 보니 원래는 광주 월드컵 경기장이 홈구장이었는데, 이름만 월드컵 경기장이고, 잔디를 둘러싸고 육상 트랙이 있어 종합운동장의 개념으로 사용되었으며, 광주 지역의 특성상 해당 규모의 좌석을 채울 수 있는 만큼의 관객이 없어 보조구장의 육상 트랙을 없애고 가변 석을 설치하여 축구전용구장으로 만들어 광주FC의 홈구장으로 사용하고 있다고 했다.

또한, 보조구장의 본부석 아래에 광주FC의 사무국과 클럽하우스가 있다고 했다. 그러고 보니, 현재 홈구장 자체도 상황에 따라 매일 사용하지 못하고 주 2회 정도 사용할 수 있으며, 비가 오는 날에는 잔디의 배수 문제로 사무국 앞의 복도에서 간이 훈련을 진행한다고 했던 짧은 영상과 기사를 본 기억이 난다. 1부 리그인데도 말이다. 이런 열악한 환경에서 2023년 상위 스플릿, 그것도 3위로 시즌을 마칠 정도면 정말 대단하다고 생각한다. 이러한 환경이 조성되기까지는 분명히 여러 가지 상황들이 있었을 것이다. 무조건 비판하는 것은 아니다. 나는 K리그와 리그에 속한 모든 구단의 발전을 기원한다. 선수들과 구단의 발전에 있어서 어떤 것이 좋을지 하루빨리 광주FC의 홈구장과 클럽하우스 등의 문제들이 개선되었으면 한다.

광주의 하늘은 갈 때마다 참 맑았고, 구름이 정말 그림 같았다. 벽과 지붕이 없기 때문에 앉은 자리에서 반대편 좌석 위로 하늘을 그대로 볼 수가 있는데, 저녁 경기가 진행될 때의 노을은 1부에 속한 그 어느 구장에서도 볼 수 없는 광경이었다. 장점인지 단점인지 모르겠지만 경기에 집중이 되지 않고, 오랜 시간 하늘을 바라보고 있는 나를 발견할 수 있었다. 하늘 맛집 광주, 그것은 분명했다.

대구 FC

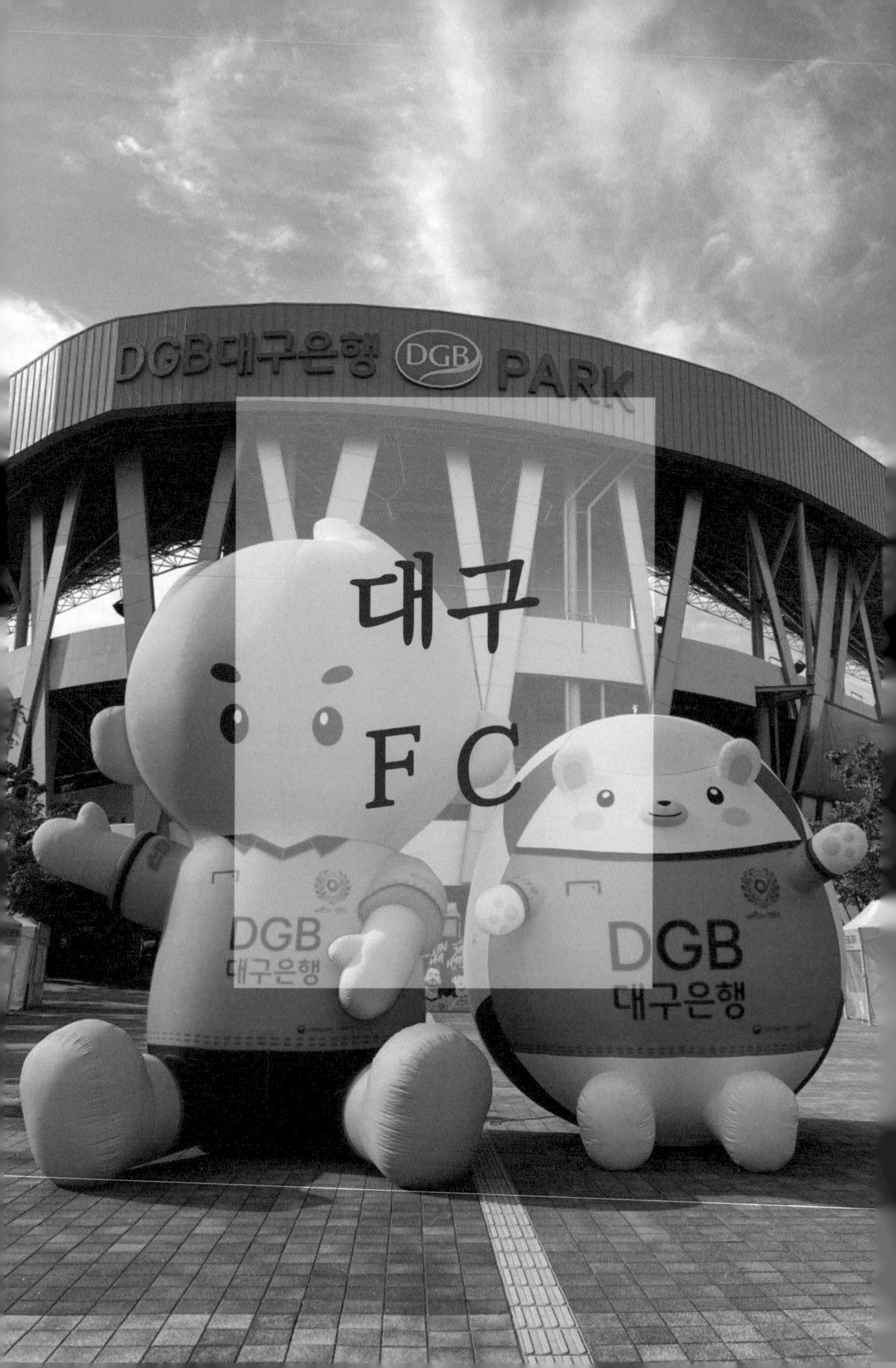

STARTING LINE-UP

FOOD	CAFE	TRIP
온기정 수성못점	파운드마켓	이월드
닭올닭 침산점	피카커피 진천점	
남문납작만두		
야미네코스시 대명점		
미림		
새벽에 빚은 떡		
장여사의 나뭇잎손만두		

⚽온기정 수성못점 #텐동 #일본가정식 #정이오고가는밥집

프랜차이즈 식당으로 텐동과 일본 가정식 유명한 가게다. 텐동을 알고는 있었고, 튀김을 좋아하긴 하지만 내가 좋아하지 않는 재료까지 항상 포함되어 있어 지금까지 먹어본 적이 없는 메뉴였다. 아마도 내가 근무 중이었다면 거부했을 메뉴지만, 축구를 보는 날은 모든 것이 긍정적으로 변하는 나이기에 시도했다. 스테이크도 포함된 스테키텐동으로. 먼저 튀김과 스테이크, 와사비 등을 접시에 조심스럽게 옮기고 먹기 시작했다. 사실, 먹기 전에는 '그냥 밥반찬을 튀김으로 먹는다고?'라는 생각이 있었지만, 단순하게 그런 반찬 느낌은 당연히 아니었다. 바삭한 튀김과 양념이 된 밥, 그리고 적당히 촉촉한 스테이크는 그야말로 환상의 조화였다. 일본의 맛이랄까? 아직 텐동을 맛보지 못한 축구 팬이라면 직관 여행을 핑계 삼아 좋은 마음으로 온기정에서 첫 번째 텐동의 맛을 느껴보길 바란다.

위치 대구 수성구 수성못6길 9   문의 0507-1437-0093   영업시간 11:30~21:30(14:50~16:00 브레이크타임 / 20:45 라스트오더)   메뉴 텐동 11,500원, 스테키동 13,000원, 붓카케우동 12,000원, 카이센동 14,000원, 매운명란순두부나베정식 16,000원 등   주차 가능(무료)

⚽닭을닭 침산점 #대팍바로앞 #체력보충 #전복삼계탕

'대팍'에서 제일 가까운 거리에 있는 식당이었다. 대팍은 경기장 1층에 많은 식당이 있었지만 이미 대구 홈 팬들로 가득 차 있었기 때문에 쉽게 들어갈 용기가 나지 않았다. 이날은 전북의 원정 경기도 아니었고 나 또한, 대구를 응원하러 방문했음에도 쉽지 않았다. 먼저 대팍에 주차 하고 구경하다가 들어갔다. 대구 팬들에게는 아마도 비교하자면 '성남FC의 감미옥' 같은 존재 였을까? 킥오프 3시간 전이었음에도 이미 대구 홈 팬들이 여러 팀 있었다. 나는 이날도 혼자였 기에, 전북의 원정 경기였다면 아마도 눈칫밥을 먹었을 것 같다. 전북이 몇 개나 들어갔을지 궁금해하면서 전복 삼계탕을 주문했는데, 전복이 통으로 두 마리나 들어있었다. 대팍 1층에 많 은 식당과 가게들은 하늘색 기에 눌려 쉽게 입장하기 어렵기 때문에, 나 홀로 원정 팬이라면 이곳에서 팬심을 충전해 보도록 하자.

위치 **대구 북구 침산로 70** 문의 **053-356-0999** 영업시간 **연중무휴 11:00~22:00** 메뉴 **녹두 삼계탕 16,000원, 전복삼계탕 23,000원, 뼈없는찜닭 29,000원, 철판똥집볶음 12,000원, 전복 인삼찜닭 48,000원 등** 주차 **가능(무료)**

⚽ 남문 납작만두 #대구3대납작만두 #since1970 #전국택배가능

대구의 명물 납작만두. 대구에 왔으니 꼭 맛을 봐야 한다. 다행히 웨이팅은 없었지만 매장에 자리는 없었다. 그렇다면 또 포장이다. 이 일정이 끝난 후에 본가로 가는 계획이 없었다면 큰일 날뻔했다. 이곳의 대표 메뉴인 납작만두와 비빔만두 각 1인분씩 포장 주문을 했다. 기다리는 동안 둘러보니 사장님은 쉼 없이 택배 포장을 하고 계셨다. 두 가지 중에 내 선택은 비빔만두다. 납작만두는 어쩌면 호불호가 갈릴 듯한 느낌이었다면, 비빔만두는 생야채와 김가루, 매콤 새콤한 양념과의 조화로 약간 비빔면의 만두 버전 같은 느낌이었다. 어릴 때 충주 현대타운 지하에서 친구들과 먹던 비빔만두 그 맛이었다. 또 추억의 맛이었다. 내 입에는 비빔만두가 더 맛있었지만, 가게에서 식사 중인 테이블 위에는 납작만두가 압승이었다. 둘 다 주문해서 입맛에 맞는 것을 골라보길!

위치 대구 중구 명륜로 64-1 문의 053-257-1440 영업시간 월~토 10:00~18:30(매주 일요일 정기휴무) 메뉴 납작만두 5,000원, 야채만두 5,000원, 비빔만두 5,000원, 떡라면 4,500원, 만두라면 4,500원 등 주차 불가(주변 공영주차장 또는 대로변 잠시 주차 가능)

⚽ 야미네코스시 대명점 #앞산초밥맛집 #가성비초밥 #감성초밥집

모던한 인테리어와 아기자기한 소품들로 보는 즐거움도 가득한 '캐주얼 초밥집'이라는 타이틀로 운영하는 초밥집이다. 토요일 오전, 주말은 보통 늦은 점심쯤에 사람이 많을 것으로 예상되어 오픈런을 했다. 다행히 예상대로 매장에 사람은 나 한 명이었지만, 내가 주문하고 초밥을 즐기는 동안 배달기사님들이 꽤 드나들었다. 맛집임이 틀림없었다. 내가 좋아하는 재료로만 만들어진 초밥이 마음에 들었고, 미니 우동, 미니 계란찜, 이름 모를 무침과 세트로 구성되어 있어 먹는 내내 입안이 평온할 수 있었다. 다 먹어갈 때쯤 맞춰서 디저트로 바닐라 아이스크림 한 스쿱을 주시는데 위에 후추가 살짝 뿌려져 있었다. 요즘 젤라또 맛집에 가면 흔히 볼 수 있는 맛의 조화인데, 이후로 나는 아이스크림과 후추의 조화를 즐기게 되었다. 나처럼 홀로 직관을 다니는 혼밥 스킬이 낮은 축구 팬이라면 야미네코스시를 추천한다.

위치 대구 남구 안지랑로 18 문의 0507-1496-2234 영업시간 연중무휴 11:00~21:00(15:00~17:00 브레이크타임 / 14:30, 20:30 라스트오더) 메뉴 모듬초밥 13,000원, 사케동 10,900원, 생연어초밥 14,500원 등 주차 불가(주변 공영주차장 또는 매장 앞 1대 주차 가능)

⚽ **미림** #옛날돈가스 #블루리본 #서문시장맛집

서문시장 대표의 옛날 돈가스 맛집. 토요일 오후 어중간한 시간에 방문했음에도 웨이팅이 많아서 도저히 혼밥을 할 용기가 나지 않았다. 주말이라서 그런지 대부분 가족 단위의 손님들이었다. 집에 가서 먹을 생각에 옛날 돈가스 하나를 포장 주문했는데, 40분 정도 기다려야 된다고 했다. 그동안 서문시장을 구경하고, 10분 정도 더 기다린 후에 돈가스를 받을 수 있었다. '뭐 얼마나 맛있길래?'라는 생각으로 본가인 충주에 와서 오픈했는데, 열기를 식히지 않은 후에 완벽하게 밀봉을 한 상태로 약 3시간 후에 만난 돈가스는 당연히 눅눅해져 있었다. 실망하지 말자. 에어프라이어에 살짝 돌린 후에 다시 만난 돈가스는 20여 년 전 엄마 아빠 손잡고 경양식집에서 먹던 그 '옛날 돈가스'였다. 어릴 때 추억이 있어서 그런지 나는 옛날 돈가스가 더 좋다. 블루리본 서베이에 수년간 오를 정도면 한 번쯤은 가볼 만하지 않은가.

위치 대구 중구 국채보상로93길 6   문의 0507-1417-6637   영업시간 월~토 11:30~20:00 (16:30~17:30 브레이크타임 / 19:45 라스트오더)   메뉴 돈까스 9,000원, 생선까스 14,000원, 냄비우동 5,000원 등   주차 바로 옆 공영주차장 이용(주차비 지원 없음)

⚽ 새벽에 빚은 떡 #서문시장 #대구꿀떡 #소량구입가능

미림 돈가스 포장을 기다리며 서문시장을 구경하다 우연히 만난 유명 떡집. 떡을 만드는 곳은 따로 있고 골목의 중앙로에 판매를 하고 있었다. 떡을 고르거나 계산하려는 손님들이 매우 많았다. '아! 언젠가 SNS에서 핫했던 대구 꿀떡을 살 수 있는 곳인가? 맞다. 그렇다면 당연히 줄을 서야겠지!' 이 떡집의 장점은 '송편 4개'처럼 아주 소량으로 포장되어 있었다는 점이다. 몇 개 단위로 떡을 살 수 있는 곳은 본 적이 없는 것 같다. 나는 본가로 갈 예정이었기에 아빠를 위한 수제 찹쌀떡, 엄마를 위한 꿀떡, 나를 위한 깨 송편을 구입했다. 집에 도착해서 맛본 떡은 말캉말캉 그 자체였다. 이런 기본적인 떡에서 특별한 맛을 기대하는 건 무리라고 생각한다. 그냥 많이 달지 않고, 굳지 않았으면 그만이다. 축구 경기를 보면서 아주 간단하게 요기할 정도의 간식을 찾는 분들이라면 '새벽에 빚은 떡'도 괜찮다.

위치 대구 중구 달성로 50(서문시장 중앙통로에서 영업 중) 문의 09:00~18:00(매월 첫번째, 세번째 일요일 정기휴무) 메뉴 꿀떡 2,000원, 쑥꿀떡 2,000원, 쑥인절미 1,200원, 약과 600원, 기피고물인절미 1,200원 등 주차 가능(유료)

⚽장여사의 나뭇잎손만두 #매운어묵 #콩나물어묵 #분식맛집

예능 프로그램에서 지역 간식 맛집 투어 콘텐츠로 소개된 가게. 콩나물도 매운 어묵도 좋아하는 편이라 방송을 보며 너무 먹어보고 싶어서 대구 직관하러 간다면 꼭 방문해 보겠다고 생각했었다. 가게 안으로 들어가지 않고도 조리 과정을 볼 수 있는 구조로 되어 있었는데, 도착하자마자 비주얼 충격이었다. 콩나물을 저렇게 산처럼 쌓아두다니. 가게 안의 테이블의 수는 적었고, 그나마도 만석이어서 포장 주문했다. 집에 와서 먹은 맛은 '해물탕' 맛이었다. 콩나물이 들어있어서 국물이 시원했는데, 반찬으로 먹는 콩나물이 아니라 찜용으로 재배되는 굵은 콩나물이었다. 생각보다 맵지 않아서 조금 실망했지만, TV에서 테이블 위에 있던 소스 통에서 추가로 매운 소스를 더 추가해서 먹는 것이 기억나서 내 실수를 알아차렸다. 기다렸다가 그 자리에서 먹을걸…. 혹시 방문할 계획이 있는 축구 팬이라면 그 자리에서 바로 먹어보자.

위치 대구 달서구 월배로14길 15 문의 053-641-9956 영업시간 연중무휴 11:00~21:00 메뉴 나뭇잎형손만두 6,000원, 양념어묵 4,000원, 맑은큰어묵 1개 1,000원 등 주차 불가(주변 공영주차장 이용)

⚽파운드마켓 #떠먹는스콘 #휘낭시에맛집 #테이크아웃전문점

지금은 해방촌에도 오픈했지만, 내가 방문했을 때는 대구에만 존재했었다. 언젠가 대구 직관하러 위해 대구 맛집, 가볼 만한 곳 등을 검색하던 때, 떠먹는 스콘 사진을 보고 결정한 곳이다. 떠먹는 스콘과 휘낭시에 프랑스에서 기원한 아몬드 버터케이크가 대표 메뉴이지만, 이외에도 다양한 종류의 베이커리 종류가 많았다. 솔직히 종류별로 하나씩 다 담고 싶었지만 그럴 수는 없었기에 두 가지만 구입했다. 떠먹는 스콘은 냉장 진열장에 보관되어 있었는데, 이를 간과했다. 따뜻을 넘어선 상태의 차에서 오랜 시간 보관하다 경기를 보며 한 개를 먹었는데, 녹은 크림이 입안을 코팅하면서 급하게 아이스 아메리카노를 흡입하게 만들었다. 다행히 나머지 하나는 추가로 냉장 보관한 후에 시원하게 먹었더니 스콘과 크림 본연의 맛은 제대로 느낄 수 있었다. 축구장 주변의 뻔하지 않은 간식을 먹고 싶다면 파운드마켓을 꼭 가보길 권한다.

위치 대구 중구 국채보상로 627-1   문의 0507-1445-5016   영업시간 연중무휴 12:00~20:00(디저트 소진시 조기마감)   메뉴 바스크치즈케이크 6,000원, 휘낭시에 2,800원부터, 스콘 3,800원 부터, 파운드케이크 3,800원 등   주차 불가(주변 유료주차장 이용)

⚽ 피카커피 진천점 #주차장넓음 #대형카페 #굿즈가득

'피카(fika)'는 스웨덴어로 커피 브레이크, 티타임이라는 뜻이다. 책에 이런 표현으로 설명해도 될지는 모르겠지만, 카페 이름으로는 너무나 찰떡이라는 생각이 들었다. 언제나처럼 아이스 아메리카노와 카페 분위기에 휩쓸려 주문한 바스크 치즈케이크. 주문하고 굿즈를 구경하다가 초록색(어디서나 전북 팬임을 티 내고 다님) 키 링을 하나 구입했는데, 지금까지도 백팩에 여전히 잘 달려 있다. 카페는 단층으로 되어 있었는데, 실내 좌석은 대부분 등을 기댈 수 있는 칸막이로 구분되어 있어 테이블 간 간격이 꽤 괜찮은 편이었다. 나는 산미 있는 원두를 싫어하는데 피카 커피는 원두의 종류가 세 가지나 있어 마음에 드는 원두로 주문할 수 있어 더 마음에 들었다. 사진 속 포크처럼 아기자기한 분위기로 꾸며져 있어 커플 단위 축구 팬들이 방문하기 좋은 카페라고 생각한다.

위치 대구 달서구 진천로 38 문의 070-8260-0703 영업시간 연중무휴 10:00~23:00(22:30 라스트오더) 메뉴 아몬드코코넛라떼 6,800원, 아포카토 6,300원, 자몽블랙티 6,800원, 망고라떼 6,700원, 애플시나몬크로플 9,800원, 코지 5,500원 등 주차 가능(무료)

⚽ 이월드 #테마파크 #아이와함께 #눈치게임

대구의 여름은 '대프리카'라는 별명답게 정말 뜨거웠다. 나는 더위에 약한 편이지만, 에어컨이 자주 고장 나는 사무실에서 다년간의 근무로 어느 정도 적응이 되었거나, 참을성이 생겼을 줄 알았는데 전혀 아니었다. 이월드는 용인과 잠실에 있는 테마파크의 규모보다는 당연히 작고, 비교적 사람도 적을 줄 알고 방문했는데, 입장하자마자 끝없이 펼쳐지는 에스컬레이터와 오르막을 보자마자 큰 착각임을 깨달았다. 그렇게 나는 시작부터 땀범벅이 되었다. 어렸을 때부터 놀이 기구는 잘 타지 못하지만 가는 것을 즐긴다. 혼자서 푸바오도 보고 올 정도로. 이월드도 꽤 다양한 놀이 기구와 다양한 콘텐츠의 전시, 공연이 진행되고 있었다. 시설의 관리 면에서는 수도권의 테마파크보다 부족할 수 있지만, 아이와 함께, 데이트 코스로 한 번쯤 방문하기에는 충분했다.

위치 대구 달서구 두류공원로 200 문의 070-7549-8112 영업시간 월~금 10:00~21:00, 토~일 10:00~22:00 입장료 19세 이상 49,000원, 청소년 44,000원, 어린이 39,000원(자유이용권 기준) 주차 가능(유료)

대구FC 68

대프리카는 사실이었다.

대구에 가볼 만한 곳은 이월드밖에 소개되지 않았다. 아니 못했다. 그렇다고 이월드만 방문했던 것은 아니다. 수성유원지, 앞산 공원 전망대, 달성습지 등을 방문하긴 했었다. 이 글에서 중요한 건 '방문하긴 했었다'라는 것이다. 걷는 것이 건강에 좋다는 것은 이미 충분히 알고 있는 사실이지만, 안타깝게도 나는 걷는 것을 좋아하지 않는다. 더욱이 더운 날에는 정말 너무 싫다. 앞서 내가 말한 수성유원지, 앞산 공원 전망대, 달성습지는 주차장에서 메인 공간까지 꽤 많이 걸어야 했다. 평지인 곳도, 꾸준히 오르막인 공간도 있었다. '그 거리가 얼마나 되는데 그걸 못 걷고?'라고 생각할 사람도 분명히 있을 것이다. 만약 가을이나 겨울 같았으면 충분히 걸어가 봤을지도 모르지만 대구의 여름은 정말 대프리카 그 자체였다. 만약 이 책을 읽고 대구를 방문할 계획을 하신다면 위에서 말한 세 곳도 충분히 방문해 볼 만한 곳이라는 것을 전하고 싶다.

🏁 안녕, 나의 첫 선수...

이 책의 후반 작업을 하면서 이근호 선수의 은퇴 소식을 들었다. 프롤로그를 읽으신 분들이라면 이근호 선수가 나를 축덕의 삶으로 만든 '첫 선수'라는 것을 기억하고 있을 것이다. 축구 선수의 직업은 평생 가능한 직업이 아니기에, 누구나 당연히 겪는 '은퇴'는 은퇴라는 이름으로 '또 다른 삶'으로 남은 인생을 꾸려나갈 준비를 하는 과정이라고 생각한다. 그렇기에 이름 앞에 '레전드'라는 수식어가 붙은 30대 후반 선수들의 은퇴는 이상한 것이 아니다. 그런데도 응원하고 있던 '레전드 선수'의 은퇴 소식은 항상 이상한 감정이 든다.

최근 몇 년간 내가 애정하고 있던 선수들의 은퇴 소식을 듣고, 은퇴식이 진행되는 마지막 경기를 볼 때면 심각할 정도로 감정이입이 되어 눈물이 폭발했다. 특히 이동국 선수가 그랬고, 박주호 선수가 그랬다. 이제는 이근호 선수까지….

나에게 이렇게 큰 의미가 있는 선수이기 때문에 은퇴식을 가지 않을 수 없었고, 분명 그를 응원하는 팬들이 한두 명이 아닐 것이다. 피켓팅이 예상되었기에 대구FC의 팬이자, 대구 시민인 아는 언니와 각자 예매를 시도해서 둘 중 좋은 자리를 선택하자고 협동심을 발휘했다. 아니나 다를까, 역시 피켓팅이었고 역시 내 손은 똥 손이었다. 내가 예약한 자리를 취소하고 언니가, 아니 엄밀히 말하면 언니의 고등학생인 딸(대구FC와 고재현 선수의 열렬한 팬)이 예매한 자리로 선택했다. 그렇게 나는 이근호 선수의 은퇴식을 함께할 수 있었다.

경기 종료 후, 이근호 선수가 솔로 세레머니를 할 때까지도 현실감이 없었지만 은퇴식이 시작되고 이근호 선수가 은퇴 소감과 마지막 인사를 말하는 순간 감정이 터져버렸다.

청소년 국가대표, 성인 국가대표, 인천 유나이티드로 프로 입단하여 2023년 대구FC까지의 선수 생활을 그 누가 감히 평가할 수 있겠는가? 그저 어떠한 사고나 논란 없이 묵묵하게 보낸 그 시간을 추억하며 웃으면서 축구화를 벗을 수 있게 박수를 칠 뿐이다.

'덕분에 참 즐거웠습니다. 제2의 인생을 응원하겠습니다.'

'안녕, 나의 첫 선수….'

73 대구FC

75 대구FC

대전
하나
시티즌

STARTING LINE-UP

FOOD	CAFE	TRIP
르프리크 대전신세계점	성심당 옛맛솜씨	대전시립미술관
김밥신화	카페 림	대전엑스포 아쿠아리움
바로그집	카페 소심	한밭수목원
베리굿짬뽕돈까스	카페 모노크롬	한국조폐공사 화폐박물관
성산칼국수		

⚽르프리크 대전신세계점 #내슈빌핫치킨버거 #대전신세계백화점

서울숲 맛집으로 유명한 햄버거를 대전에서 처음 먹다니. 대전 월드컵 경기장에서의 경기를 기다리며 아쿠아리움을 보고자 신세계 대전점에 들렀다. 네이버 예약을 통해 예약했더니 1시간 정도 이후부터 입장이 가능하다고 했다. 기다림 속의 기다림. 기다리는 동안 밥이나 먹을까 싶어 들어간 수제버거 맛집. 시그니처 메뉴인 내슈빌 핫치킨버거 세트를 골랐는데, 맵기 정도를 선택할 수 있다고? 그렇다면 신라면 정도의 맵기! 메뉴를 받고 자리에 앉자마자 사람들이 몰리기 시작했다. 우연히 들어온 가게에 이런 황금 같은 타이밍이라니! 신라면보다는 조금 덜 매운 정도의 맵기의 핫치킨과 코울슬로, 피클로 구성된 시그니처 버거. 토마토가 없다니, 감사합니다. 나이프를 사용하여 먹다 보면 그릇이 더러워져 눈치가 보이기 마련인데, 눈치를 볼 겨를이 없었던 완벽한 맛이었다. 다만 아쉬운 점이 있다면 콜라가….

위치 대전 유성구 엑스포로1 신세계엑스포점 지하1층 문의 010-4436-0093 영업시간 월~목 10:30~19:30, 금~일 10:30~20:00(백화점 휴무일에 따라 휴무) 메뉴 시그니처핫치킨버거 10,800원, 김치킨버거 12,800원, 버터갈릭프라이즈 6,500원 등 주차 가능(유료)

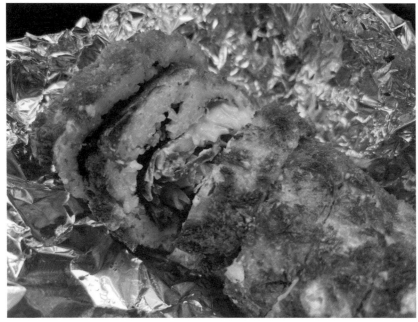

⚽김밥신화 #대왕김밥 #소보로김밥 #비닐장갑필수

대전은 노잼의 도시라더니, 소보로의 도시였다. 튀김소보로빵에 이어 소보로김밥이라니···. 30~40분 전에 미리 전화로 주문하고 방문하라길래 소보로김밥과 참치김밥 각 한 줄을 주문하고 시간에 맞춰 방문했다. 주문자 이름을 확인하고, 무언가가 잔뜩 담긴 검은 봉지 하나를 건네주셨다. 김밥 두 줄이 담겨있을 묵직함은 아닌 듯 보였으나, 당연히 김밥 두 줄이었다. 나무젓가락이 아닌 일회용 장갑을 넣어주시길래 의아했는데, 김밥을 열자마자 알 수 있었다. 어지간한 젓가락질로는 김밥을 집을 수가 없는 크기였다. 팔뚝만 한 굵기의 김밥. 4가지의 치즈와 각종 내용물을 넣고 싼 누드김밥을 튀긴 모양이었다. 직관하다 보면 김밥을 먹으며 축구경기를 관람하는 팬들이 자주 보이는데, 경기 중에 소보로김밥을 먹을 계획이라면 두 손을 모두 사용해야 할 수도 있으니, 테이블석을 예매는 필수다.

위치 대전 대덕구 중리로 51 문의 042-636-9967 영업시간 연중무휴 06:00~20:00(19:00 라스트오더) 메뉴 소보로김밥 6,500원, 참치김밥 5,500원, 유부김밥 5,000원, 불닭김밥 5,500원, 쫄면 7,000원 등 주차 불가(주변 유료주차장 또는 가게 앞 잠시주차 가능)

⚽바로그집 #유명떡볶이집 #은행동 #지하상가

최근 몇 년간 떡볶이를 내 의지대로 사 먹는 일은 거의 없었다. 떡볶이는 옛날 떡볶이가 진리라고 생각하기 때문이다. 충주 성남초등학교 근처 파출소 공터에 있던 한 접시에 500원 하던 옛날 떡볶이. 500원이면 통가래 떡 1개, 달걀 1개, 접혀서 나무젓가락에 꽂힌 어묵 1개를 먹을 수 있었다. 당연히 20여 년 전의 일이다. 그 옛날 맛을 유지해오고 있는 떡볶이 가게가 있다니, 대전 지하상가에 있는 바로 그 집이다. 물론 가격과 내용물은 다르지만 맛은 조금 비슷했다. 아이스크림 떡볶이라고도 불리는 모듬 떡볶이는 1인분에 어묵, 떡, 김말이가 포함되어 있었다. 살짝 매콤하면서도 크리미한 무언가를 넣어서 끝 맛이 강하지 않고 꽤 부드러웠다. 경기장 푸드트럭에서 파는 떡볶이와는 스타일이 다른 떡볶이를 맛보고 싶은 축구 팬들이라면 꼭 한번 방문해 보자.

위치 대전 중구 중앙로 145 지하상가 C나 61호 문의 042-254-8925 영업시간 11:00~20:00(매월 세번째 화요일 정기휴무) 메뉴 모듬떡볶이 6,000원, 쫄면 7,500원, 등심왕돈까스 8,500원, 우동 6,500원, 오징어덮밥 8,500원 등 주차 가능(유료)

⚽ 베리굿 짬뽕돈까스 #피자돈까스 #왕갈비짬뽕 #순두부짬뽕

피자와 돈가스 모두를 좋아하는 사람이라면 꼭 방문해 봐야 하는 곳이다. 그 두 개를 합친 성
공작이 바로 대전에 있다. 가수는 노래 제목을 따라간다고 했던가? 그렇다면 식당은 상호를
따라간다. 베리굿이다. 얇지 않은 요즘 느낌의 돈가스와 소스 위에 구름처럼 포근하게 얹어진
피자치즈. 치즈 아래의 피자에 들어가는 양파, 파프리카, 햄 등이 가득 들어있어 정말 피자였
다. 아니 돈가스인가? 피자 돈가스를 썰면 위에 얹어진 치즈가 내 팔 길이보다도 더 늘어나
몸을 들썩이게 했다. 키오스크로 주문하고 번호가 표시되면 배식구에서 셀프로 찾아와야 하
는 시스템에 반찬도 따로 셀프 코너에서 가져와야 하는 아주 번거로운 시스템이지만, 귀차니
즘이 심한 나조차도 재빠르게 움직이게 만드는 맛이었다. 치즈가 굳으니 축구장에서 먹기는
힘들겠다. 경기 후에 가족들과 외식 어떤가?

위치 대전 중구 중앙로170번길 29   문의 0507-1428-6655   영업시간 연중무휴 11:000~2
1:00(20:30 라스트오더)   메뉴 피자돈까스 11,000원, 왕갈비짬뽕 15,000원, 순두부짬뽕
10,000원, 돈가스 9,000원 등 주차 불가(주변 공영주차장 이용)

⚽ 성산칼국수 #얼큰칼국수 #해장맛집

K리그는 2월 말이나 3월 초에 시작해서 12월 초, 늦게는 12월 중순까지 시즌이 진행된다. 내가 N년간 경험한 경기장은 진짜 춥거나 진짜 덥거나였다. 중간이 없었다. 선수들도 날씨에 따라 힘들고 어려운 경기를 진행하겠지만, 한자리에 가만히 앉아 응원하는 팬들도 추운 겨울이 되면 패딩에 핫팩, 담요 등을 포함해서 모든 방한용품을 사용해도 춥다. 진짜 춥다. 정규 경기 시간 전후반 각 45분에 하프타임, 추가시간, 승리 세레머니 시간까지 하면 2시간은 거뜬히 넘는다. 특히 나같이 킥오프 전 워밍업 관람을 위해 입장시간에 맞춰 가는 경우라면 3시간도 거뜬히 넘는다. 추운 겨울, 3시간을 추위에 떨고 나면 따뜻한 음식이 생각나기 마련이다. 그럴 때 추천하는 곳이다. 성산 칼국수는 따뜻하다 못해 뜨겁고 얼큰한 국물의 칼국수로, 꽁꽁 얼었던 몸이 녹아 흘러내릴 것이다.

위치 대전 중구 대흥로 140-5 문의 042-222-6822 영업시간 연중무휴 10:30~21:00 메뉴 얼큰칼국수 6,000원, 순한칼국수 6,000원, 수육(소) 18,000원, 두부두루치기(소) 13,000원, 콩국수 6,000원 등 주차 가능(무료/협소)

⚽ 성심당 옛맛솜씨 #컵빙수 #본점바로앞 #옛날간식

대전 원정 경기에서 패하고 나면 대전 서포터즈석에서 걸개가 올라온다. '빵 사러 왔냐?' 기분은 나쁘지만, 뭐라 할 말이 없다. 승점도 얻지 못하고 정말로 원정 팬들 손에는 성심당 쇼핑백이 들려있으니까. 그만큼 대전하면 성심당이 떠오르는데, 나는 그 빵을 그렇게 좋아하지 않아 자주 들리는 편이 아니다. 대신, 여름이면 본점 앞에 있는 옛 맛 솜씨에 들린다. 옛날 빙수를 먹기 위해서다. 옛 맛 솜씨에서는 옛날 빙수를 포함한 다양한 종류의 빙수와 전통 간식들을 판매하고 있다. 옛날 빙수. 팥과 떡고물 그게 다인 그 맛이 좋다. 여기는 연유 대신 아이스크림이 들어가서 일반 빙수보다 덜 달아서 좋다. 여름이 되면 아이스박스나 보냉 백에 간식을 담아서 입장하는 축구 팬들이 많다. 매점에서 파는 아이스크림도 좋지만, 특별히 더 시원한 간식을 찾고 있다면 성심당 본점 앞에 위치한 성심당 옛 맛 솜씨 옛날 빙수를 적극 추천한다.

위치 대전 중구 대종로480번길 14 문 1588-8069 영업시간 연중무휴 09:30~21:00 메뉴 호박빙수 9,000원, 컵빙수 3,000원, 보문산빙수 9,000원, 논산빙수 9,000원 등 주차 가능(주변 공영주차장과 연계하여 운영중 / 기본 금액 이상 구매시 주차권 제공)

⚽ 카페 림 #대청호뷰 #배우김승수추천 #주택개조카페

경기 종료 후, 잠시나마 조용하게 쉴 수 있는 공간이 필요했다. 뷰 맛집 카페를 열심히 검색했다. 대청호 뷰의 조용한 카페. 대전 월드컵 경기장에서 차로 한참을 달려 카페로 향했다. 자차로 직관하러 다니는 팬들이 아니라면 방문하기 쉽지 않은 위치에 있지만, 정말 뷰가 좋았다. 어느 조용한 동네의 민가들을 통과해서 길의 끝까지 올라가면 보이는 카페로, 주택을 개조해서 만든 카페. 내부 인테리어는 한옥 느낌의 인테리어로 엄마가 좋아할 만한 그런 고풍스러움이 느껴지는 카페였다. 수제 약과와 수제청으로 만든 음료가 시그니처 메뉴였지만, 나는 정직하게 얼죽아. 주문하고 카페 곳곳을 구경하다 보니 배우 김승수 님의 싸인이! 나 드라마 〈삼 남매가 용감하게〉에 정말 빠져 있었잖아! 주문하고 자리를 잡고 앉아있으면 음료를 가져다주신다. 확실히 가족 단위로 어른들과 방문하기에 좋은 곳임이 틀림없다.

위치 대전 동구 대청호수로 723-21 문의 042-285-7988 영업시간 월~금 11:00~20:00 토~일 11:00~21:00 메뉴 삼색가래떡구이 5,000원, 생강라떼 7,000원, 블랜딩플라워티 7,500원, 호박약과아이스크림 3,500원, 아포카토 7,000원 등 주차 가능(무료)

⚽ 카페 소심 #조용한동네카페 #휘낭시에맛집

'본디 지닌 마음'이라는 뜻의 소심. 외관부터 실내 인테리어까지 조용한 동네 카페가 지니고 있는 마음을 그대로 표현했나 싶었지만, 아니었다. '휘낭시에가 지니고 있는 의미가 있는 것일까?'라는 생각이 들 정도로 휘낭시에 맛집 그 자체였다. 다른 손님이 꽤 있었지만 모두들 조용한 분위기였기에, 혼자의 시간을 보내기에도 적당했다. 점심시간 이후, 조용히 책을 읽을 생각으로 아이스 아메리카노를 주문했고, 축구를 보며 먹을 씨리얼, 누네띠네, 아몬드 휘낭시에를 포장했다. 가끔 휘낭시에를 먹어보면 설탕이 그대로 씹힐 만큼 과하거나, 토핑과 맛의 조화가 어울리지 않는 곳이 있는데, 소심은 달랐다. 적당하게 단맛으로 토핑과의 조화가 잘 어울렸고, 토핑 또한 눅눅해지거나, 어떠한 맛의 변화 없이 바삭함을 느낄 수 있었다. 휘낭시에가 지닌 의미. 그것은 무엇일까?

위치 대전 유성구 신성남로111번길 14   문의 0507-1406-8384   영업시간 월~토 10:00~22:00(매주 일요일 정기휴무)   메뉴 누네띠네휘낭시에 2,100원, 아메리카노 3,200원, 수제그릭요거트 5,000원 등   주차 불가(주변 골목 주차 가능 및 대로변 무료 주차칸 이용)

⚽ 카페 모노크롬 #대전천뷰 #조용한카페 #반려견동반가능

모던한 인테리어와 대전천 뷰로 유명한 카페 모노크롬. 여기는 특별히 후기를 포함해서 그 어떠한 정보들을 보지 않고 이름만 보고 방문한 카페다. 추억의 그룹 모노크롬. '네가 진짜로 원하는 게 뭐야!' 이 글을 읽을 때 특정 음으로 읽게 되는 분이라면 진짜 음악을 아는 사람이다. 정말 그 이름 하나만 보고 방문했는데, 이미 SNS로 유명한 핫플이었다. 하필 비가 온 날 방문해서 루프탑은 이용할 수 없었고, 뷰가 잘 보이는 자리도 이미 만석이었고, 디저트류도 품절이었다. 언제나처럼 아이스 아메리카노를 주문하고 구석에서 타이밍을 엿보다가 좋은 자리 손님이 주변 정리를 함과 동시에 이동했다. 산미가 없고 적당해서 마음에 드는 커피와 함께 축구와 관련된 책을 읽기 시작했다. 조명, 온도, 습도 모든 게 완벽한 카페였다. 밈에 관심 있는 분이라면 이 표현을 알고 있을 것으로 생각한다.

위치 대전 동구 대전천동로 586 문의 0507-1362-9675 영업시간 월~일 11:00~22:00(21:45 라스트오더 / 매주 화요일 정기휴무) 메뉴 말차포레스트 6,000원, 애플유자티 6,500원, 모노슈페너 6,000원, 크림슨펀치 4,500원 등 주차 불가(주변 공영주차장 이용)

⚽ 대전시립미술관 #실내데이트 #문화생활

대전이 노잼의 도시라는 말은 괜한 말이 아니다. '여기다'하고 끌리는 곳이 없었다. 한밭수목원에서 대전시립미술관까지 주차장이 연결되어 있어 호기심에 방문했다. 가끔은 별 뜻 없이 우연히 들어간 곳에서 최고의 재미를 찾기도 한다. 대전시립미술관이 그랬다. 다양한 전시가 진행되고 있었는데, 미술을 전혀 모르는 나도 충분히 즐길 수 있을 정도 주제의 전시부터 대전지역에서 활동하고 있는 작가들의 전시까지 진행되고 있었다. 키오스크로 입장권을 구입하고 들어가면 되는데, 성인 일반 500원이었다. 물론 문화생활을 가격에 대비하면 안 되는 건 아주 잘 알고 있지만 500원이라니? 당연히 기획에 따라 입장료가 다르겠지만. 한 바퀴 돌면서 생각했다. 이런 퀄리티의 문화생활이라면 직관하러 핑계 삼아 대전에서 실내 데이트 장소를 찾고 있는 커플 단위의 축구 팬들에게 추천하면 좋겠다고.

🔍
위치 대전 서구 둔산대로 155 문의 0507-1378-7370 영업시간 3월~10월 10:00~19:00 11월 ~2월 10:00~18:00(매주 월요일 정기휴무) 입장료 성인 500원, 청소년 300원, 영유아 및 노인 등 무료(전시에 따라 상이할 수 있음) 주차 가능(유료)

⚽ 대전엑스포 아쿠아리움 #아이와함께 #작지만알참

나는 사람을 제외한 살아있는 모든 것을 좋아하지 않는다. 물론, 사자랑 푸바오는 예외다. 다른 개념이다. 아쿠아리움도 내가 먼저 원해서 간 적은 없다. 지인과 있을 때, 분위기에 휩쓸리거나 가보고 싶다는 사람이 있어서 간 적은 있다. 기본적으로 새 부리와 깃털, 물고기의 비늘과 눈동자, 강아지의 발톱과 같은 것들이 싫어서인데, 아쿠아리움은 물 비린내가 너무 싫었다. 그래도 서울 유명 아쿠아리움 3곳은 모두 가봤다. 타의에 의해서. 그 세 곳에 비하면 정말 작은 규모이지만, 구역별로 테마가 있어 전혀 지루하지 않았고, 일단 물 비린내가 없었다. 신세계 대전점 지하 1층에 있어서 주말이 되면 주차가 정말 힘들지만, 평일 경기 전후라면 아이와 함께 시간을 보내기 충분하다. 시간에 따라 수중 발레 공연과 마술 공연이 진행되니 사전에 알아보고 가면 그 모든 것을 즐기기에 충분한 곳이라고 생각한다.

위치 대전 유성구 엑스포로1 대전 신세계 Art&Science 지하 1층 문의 042-607-8852 영업 시간 월~일 10:30~19:30(백화점 휴무일에 따라 휴무 / 16:30 입장 마감) 입장료 대인 29,000원, 어린이 25,000원, 영유아 무료 주차 가능(매표시 주차 등록 / 2시간 무료)

⚽ 한밭수목원 #피크닉 #산책 #도심속인공수목원

대전하면 아직도 1993년 진행된 '대전엑스포'가 떠오르는 사람도 있을 것이다. 내 나이 3살 때의 일인데도 말이다. 그 엑스포를 기념하는 엑스포 광장을 중심으로 양옆으로 넓게 펼쳐진 수목원이 한밭수목원이다. 동원, 서원, 열대식물원으로 나누어져 있지만, 다른 수목원과는 다르게 걷는 것, 특히 오르막을 좋아하지 않는 나도 충분히 걸을 수 있을 정도로 모두 평지로 구성되어 있다. 어느 날 내가 한밭수목원을 한 바퀴 돌아보고자 도착했을 때는 이미 많은 사람이 돗자리 위에 삼삼오오 모여 도시락을 먹으며 나들이를 즐기고 있었다. 요즘 대부분의 가족은 평일에 각자의 시간을 보내고, 주말에 가족과의 시간을 보낸다. 그 가족과의 시간에 직관이 포함되어 있다. 다만, 직관은 가족과 얼굴을 보며 대화하는 시간은 아니니, 경기 전후로 짧게나마 한밭수목원에 들러 가족과 이런저런 이야기를 나눠보는 것은 어떨까?

위치 대전 서구 둔산대로 169 문의 042-270-8452 영업시간 동원, 서원, 열대식물원 모두 동절기, 하절기에 따라 운영시간 상이함(홈페이지 참조) 입장료 무료 주차 가능(유료)

| 보관 寶冠 Bogwan | 옥관 玉冠 Okgwan | 화관 花冠 Hwagwan | 체육훈장 體育勳章 Order of Sport Merit | 청룡장 靑龍章 Cheongnyong Medal | 맹호장 猛虎章 Maengho Medal | 거상장 巨象章 Geosang Medal | 백마장 白馬章 Baengma Medal | 기린장 麒麟章 Girin Medal | 과학기술훈장 科學技術勳章 Order of Science and Technology Merit | 창조장 創造章 Changjo Medal | 혁신장 革新章 Hyeoksin Medal |

Decoration for merits based on elevating a
national pattern of culture through developing
culture and art. There are the 'Geumgwan'
constituted with large-sized cloth, the 'Eungwan'
and the 'Bogwan' with middle-sized cloth, and
the 'Okgwan' and the 'Hwagwan' with small-sized
cloth.

체육발전에 공을 세워 국민체위(體位)향상과
국기발전에 기여한 공로가 뚜렷한 자에게 수여한다.
체육훈장은 5등급으로 나누어지며 그 명칭은
다음과 같다.
1등급 : 청룡장(靑龍章 Cheongnyong Medal)
2등급 : 맹호장(猛虎章 Maengho Medal)
3등급 : 거상장(巨象章 Geosang Medal)
4등급 : 백마장(白馬章 Baengma Medal)
5등급 : 기린장(麒麟章 Girin Medal)

◆ Order of sport merit
Decoration for merits based on developing
physical training and improving physical condition.
There are the 'Cheongnyong Medal' constituted
with large-sized cloth, the 'Maengho Medal',
the 'Geosang Medal' with middle-sized cloth
and the 'Baengma Medal' and the 'Girin'
with small-sized cloth.

⚽ 한국조폐공사 화폐박물관 #화폐역사 #기념화폐 #아이와함께

경기장에서 보면 아빠와 둘이 온 아이, 가족 단위로 방문한 축구 팬들을 많이 볼 수 있다. 그 중에서 아이가 축구를 좋아해서 데리고 온 가족도 있겠지만, 아이들은 태블릿으로 축구가 아닌 다른 교육 영상을 틀어주고 부모만 경기를 즐기는 경우도 다수 볼 수 있다. 물론 정확한 이유는 알 수 없지만, 모든 경우의 '아이와 함께' 온 그룹에게 추천할 만한 곳, 바로 한국조폐공사 화폐박물관이다. 화폐는 삶에 없어서는 안 되는 존재이다. 이곳에서는 우리나라를 포함한 각국의 화폐에 대한 역사와 종류, 제조과정 등을 알 수 있어 유익한 곳이다. 특히, 축구 팬들이라면 관심을 보일 만한 올림픽, 월드컵 등의 기념주화 및 메달, 손흥민 선수가 받았던 체육 훈장 청룡장을 비롯한 훈장들에 대해서도 자세한 설명이 되어 있다. 작지만 알찬 이러한 내용들을 무료로 관람할 수 있으니, 가족 단위로 직관하러 다니는 축구 팬들에게 꼭 추천한다.

위치 대전 유성구 과학로 80-67 문의 042-870-1200 영업시간 화~일 10:00~17:00(매주 월요일 정기휴무) 입장료 무료 주차 가능(무료)

🏁 A매치 검표 알바

축구, K리그와 관련된 곳으로의 전직을 위해 4년 2개월간 다니던 직장에서 퇴사했다. 구단 사무국이나, 구단의 여러 이벤트, MD샵 관리를 대행으로 하는 업무로의 취업을 희망하지만, 직관 외에는 축구와 관련된 경력이 전혀 없기에 당연히 쉽게 되지 않았다. 그렇다고 가만히 있을 수는 없었기에 '무언가 체험해 보자!'라는 생각으로 단기 아르바이트를 신청했다. 그중에 가장 먼저 연락이 온건 A매치 검표 아르바이트. 대전 월드컵 경기장이었다.

하루 전, 검표 방법과 검표기 사용 방법에 대한 짧은 교육을 받고, 당일 오후 게이트와 검표기를 배정받고 업무를 시작했다. 게이트별 검표원은 4명씩. 입장 시간이 되기 전에 이미 줄을 서있는 사람들이 무척 많았다. '입장 시작 신호를 받으면 저 사람들이 쏟아져 들어오겠지?' 혹시나 나의 실수로 인하여 민원이 발생할까 긴장이 되었다. 드디어 입장을 시작하라는 안내가 들렸고, 순서대로 반입금지 물품에 대한 소지품 검사를 마친 사람들이 밀물처럼 몰려들었다. 내가 자세히 봐야 할 것은 검표기에 바코드를 입력했을 때, 뜨는 색이다. '빨간색'이면 입장 게이트가 이곳이 아니라는 말이기에, 맞는 게이트를 안내해야 한다. 정신없으면 놓칠 수 있다. 정신을 차려야 한다.

'검표 도와드리겠습니다.' 핸드폰을 통한 모바일 티켓으로 입장하는 관객은 바코드를 검표기로 찍기만 하면 되지만, 나처럼 지류 티켓으로 입장하는 관객은 바코드를 찍고, 회수용 부분을 찢어서 따로 모으고 관객용을 다시 드려야 한다. '즐거운 관람 되세요' 과연 내가 몇 명, 몇백 명의 검표를 진행했을까, 발도 아프고 허리가 끊어질 것만 같았다. 집에 가고 싶었다.

워낙 사람이 많이 몰려 데이터 전송의 문제로 검표기에 문제가 생기고 티켓에 표시된 게이트와 좌석 번호를 내 눈으로 일일이 확인해야 하는 상황이 여러 번 발생했다. 비가 오던 날이라 티켓 일부분이 젖어서 입장하는 사람, 모바일도 종이도 아닌 티켓 사진으로만 입장을 시도하는 사람, 재입장 불가임에도 재입장을 무리하게 요구하는 사람, 참 다양했다. 새로운 경험이었고 나름의 재미도 있었다. 그렇게 나는 A매치 검표라는 허리 아픈 추억이 생겼다.

🏁 '축구 더하기 여행'이 추천하는
경기장으로 가는 길, 나만의 BOOM-UP SONG 🎵

🎧 dad guy - Billie Eilish

🎧 The Great Escape - Boys Like Girls

🎧 Back To Me - The Rose

🎧 예술이야 - 싸이

🎧 토요일 밤이 좋아 - 로맨틱 펀치

🎧 Rum & Cola - Goodluck

🎧 Lucky Strike - Maroon5

🎧 나의 머리는 녹색 - 015B, 유라(youra)

🎧 Do or Die - 임영웅

🎧 Na Na Na(Na Na Na Na Na Na Na Na Na)
   - My Chemical Romance

수원FC
&
수원삼성
블루윙즈

수원종합운동장 경기 수원시 장안구 경수대로 893

STARTING LINE-UP

FOOD	CAFE	TRIP
수타원	카페 디아즈	월화원
리틀본수원갈비집	10593베이글커피하우스	토피어리원
트레저가든	팔레센트	행궁그리다 드로잉카페
존앤진피자펍 행궁본점	매트그린	수원박물관
	헤올 커피로스터스	
	딥그린	

※수원삼성블루윙즈는 2024시즌부터 K리그2에 참가하게 되어 에피소드만 소개됩니다.

⚽ 수타원 #소갈비짬뽕 #24시간영업 #짬뽕맛집

전북현대의 원정 경기. 수원삼성과 전북현대는 라이벌 구도에 있는 팀이기에, 무조건 전북현대가 이겨야 했다. 더욱이 백승호 선수가 볼만 잡으면 야유를 보내는 수원삼성 팬들에 대적하여 평소에 조용히 응원하는 나조차도 더 열심히 응원을 해야 했기에 매운맛으로 에너지를 끌어올려야 했다. '수타원'이 검색되었고, 들어가 '소갈비 짬뽕'을 주문했다. 진짜 '맛집'이었다. 국물이 적당히 얼큰했고, 짜기만 한 국물이 아니라 정말 야채와 소갈비, 해물 등으로 적당히 우려진 듯 진했다. 평소 국물을 잘 먹지 않는 나도 계속 국물을 들이켰다. 매운맛, 이날 경기는 덕분에 3:0으로 전북현대의 승리였다. 수원삼성과의 경기에는 앞으로 수타원을 필수로 들려야만 한다. 아! 마지막 꿀떡을 먹고 아예 자리에서 일어날 때까지 앞치마를 벗지 말도록 하자. 국물이 튀는 순간 직관이 아니라 쇼핑을 해야 하는 상황이 생긴다.

위치 경기 수원시 영통구 봉영로1482번길 6 문의 031-205-6500 영업시간 화~일 00:00~24:00(매주 월요일 21:00까지 영업) 메뉴 소갈비짬뽕 15,000원, 해물짬뽕 12,000원, 굴짬뽕 11,000원, 삼선짜장 10,000원, 유린기(소) 23,000원, 짬뽕 10,000원 등 주차 가능(무료)

⚽ 리틀본수원갈비집 #혼밥성지 #순살갈비탕

아직도 어색한 '수원FC 88번 이용', 나는 아직도 전북현대 2번이 이용 선수 같다. 페트라셱 선수에게는 미안하지만, 그 정도로 이용 선수는 전북의 '빛' 그 자체였다. 그런 이용 선수의 유니폼을 구매할 겸, 수원FC와 전북의 경기를 보고자, 눈을 뜨자마자 수원으로 향했다. 전북을 응원하지만, 수원FC의 이용, 이범영 그리고 추가 이적한 최보경 선수도 응원해야 했기에 밥심이 필요했다. 갈비탕 맛집으로 소문난 가게를 찾았다. 본의 아니게 오픈런을 했는데, 나를 포함한 혼밥 오픈런 손님이 꽤 여러 팀 있었고, 모두 갈비탕 손님이었다. 보통 갈비탕은 뼈가 있는 부위를 사용하고 국물이 더 많지 않은가? 여기는 사진처럼 고기의 양이 대단히 많았는데, 거의 뼈가 없어 일명 '순살 갈비탕'이었다. 밥과 고기, 깍두기의 조화. 그 누구도 거절할 수 없을 맛이었다. 추가로 양념이나 간을 추가하지 않아도 완벽한 맛이었다.

위치 경기 수원시 장안구 정조로933번길 20 문의 031-241-8483 영업시간 수~일 11:00~ 20:00(19:30 라스트오더 / 14:00~16:00 브레이크타임 / 매주 월요일 정기휴무 / 매주 화요일 포장판매만 가능) 메뉴 갈비탕 12,000원, 양념소갈비 56,000원 등 주차 가능(무료)

⚽ 트레저가든 #베이커리카페 #브런치 #유럽풍 #사진맛집

사실 브런치 하면 나는 프렌치토스트가 생각난다. 물론 토핑은 각자 취향껏 알아서. 프렌치토스트가 생각난 어느 날, 메뉴판에 프렌치토스트가 있는 곳으로 향했다. 그러나 이제는 프렌치토스트를 하지 않는다는 청천벽력 같은 소식. 내 지인들은 하나같이 이렇게 말한다. 나는 내가 필요할 때만 논리적인 사람이 된다고. 평소에는 전혀 아니라는 말이겠지만, 지금이다. '그러면 N사 메뉴판에서 해당 메뉴를 빼놓으셨어야죠. 그거 때문에 방문했는데….', '그럼 뭐 하나 없다는데….' 한참을 고민하다 토마토 해물파스타를 주문했다. 맛을 보는 순간, 문제의 프렌치토스트를 하지 않아 내가 이 메뉴를 고르게 된 것이 너무 다행이라는 생각이 들었다. 아침부터 파스타를 비우고 나서야 카페 인테리어가 눈에 들어왔다. 유럽풍 정원을 모티브로 한 브런치 카페. 곳곳이 포토존이었고 잠시 후, 가게는 셔터 소리로 가득 찼다.

위치 경기 수원시 팔달구 중부대로 101 2층 문의 0507-1329-3622 영업시간 연중무휴 09:00~21:00(20:30 라스트오더) 메뉴 랍스터크림파스타 26,000원, 잠봉뵈르샌드위치 14,000원, 국물떡볶이 14,000원, 앙쿠르트스프 9,000원, 아메리카노 5,300원 등 주차 가능(유료)

⚽ 존앤진피자펍 행궁본점 #데이트코스 #드라마촬영지

위례에 거주하는 나와 안양에 사는 지인의 만남의 장소였다. 나는 받을 것이 있었고, 지인은 줄 것이 있었다. 아니, 있었는데 없었다. 받지 못했다. 그럼 그냥 만난 김에 수원 축구장 근처 맛집이나 찾아보자고 들린 곳. 나중에 알고 보니 당시에 내가 즐겨보던 드라마의 촬영지였다는 것. 눈썰미가 이렇게 없다. 하프앤하프로 하와이안과 페퍼로니 피자를 주문했는데, 제조 과정에서의 실수로 하와이안과 반은 다른 피자로 만들어졌다며 다시 만들어 주겠다고 했다. 그러나 나는 이미 다른 테이블의 피자 냄새에 취해 더 기다릴 수가 없었기에 동일한 가격이면 그냥 달라고 했다. 왜 웨이팅이 긴 맛집인지 알 수 있었다. 적당히 짭조름하고, 적당히 기름지고, 적당히 쫄깃한 이 맛. '적당히'라는 이 단어밖에 생각이 안 날 정도로 맛이 온몸을 스쳐 지나갔다. 뭐든 '적당히'가 중요하지 않은가? 축구장 갈 때 포장해야겠다.

위치 경기 수원시 팔달구 정조로905번길 27 문의 010-7514-5189 영업시간 연중무휴 11:30~22:00(21:30 라스트오더) 메뉴 슈프림피자 34,000원, 하와이안피자 28,000원, 블루크림피자 30,000원, 핫치킨피자 31,000원 등 주차 불가(주변 공영주차장 이용)

⚽ 카페 디아즈 #종합운동장뷰 #디저트카페 #케이크맛집

수원FC에서 선수 생활을 이어 나가고 있는 또 다른 아픈 손가락인 '이범영 선수'의 경기를 보고 싶었다. 직관도 하고 유니폼도 살 겸, 내가 평소 경기장에 도착하는 시간보다 더 일찍 도착해서 경기장 주변을 구경하다 발견한 카페. 사실 다른 곳에 있는 카페로 알고 있던 카페가 분점으로 구장 바로 앞에 생겼다니, 안 들어가 볼 수 없었다. 종합운동장 사거리와 장안구청 사거리 중간에 있는 정말 축구장 뷰였다. 물론 경기장 내부가 보이는 것은 아니지만 카페에 앉아 입장하는 관객들의 모습을 구경할 수 있을 만큼 횡단보도 하나만 건너면 된다. 계절 과일로 생크림 케이크나 디저트를 만드는 베이커리 카페인데, 내가 갔을 때는 딸기 시즌이었나 보다. 딸기가 아주 실하고 많이 들어 느끼하지 않았다. 수원종합운동장에 일찍 도착했다면 방문해 보자.

🔍 ....

위치 경기 수원시 장안구 경수대로 882 문의 0507-1346-9672 영업시간 연중무휴 10:00~22:00(21:30 라스트오더) 메뉴 꿀자몽 10,500원, 바닐라라떼 6,900원, 아인슈페너 6,900원, 자몽박스케이크 9,900원, 후르츠박스케이크 9,900원 등 주차 가능(무료)

⚽10593 베이글커피하우스 #미국감성 #사진맛집 #웨이팅주의

언젠가 한참 베이글이 유행이던 때가 있었다. 나는 베이글을 좋아해서 유행과 상관없이 생각 날 때가 있다. 쫄깃한 베이글과 꾸덕꾸덕한 크림치즈의 조화나, 베이글을 이용한 연어 샌드위 치를 좋아한다. 그런 베이글 맛집이 있다고 해서 경기 전에 들렀다. 외관부터 실내 인테리어 까지 여기가 수원인지 외국인지 헷갈렸다. 굉장히 어중간한 시간에 방문했기 때문에 웨이팅 은 없었지만 테이블은 단 하나 구석밖에 남아있지 않았다. 이제는 카페 정도는 어디든 혼자 서 방문이 가능한 수준이 되었지만, 이때는 1~2인석이 아니고는 어려웠다. 결국 테이크아웃 을 해서 경기를 보며 먹었다. 진짜 먹기만 했다. 먹느라 정신이 없어 베이글 사진은 찍지도 못 했다. 이 정도면 맛을 따로 표현하지 않아도 어느 정도의 맛이었는지 생각이 될 거라고 생각 한다. 사진도 찍지 않고 먹어버렸을 만큼의 그 맛.

위치 경기 수원시 권선구 세권로166번길 31 문의 0507-1309-9974 영업시간 연중무휴 09:3 0~21:30(20:30 라스트오더) 메뉴 아몬드클라우드 6,500원, 시나몬애플우드 6,500원, 토마 토수프 5,000원, 에브리띵베이글 4,500원, 바질베이글 4,500원 등 주차 가능(무료)

⚽ 팔레센트 #장안문뷰 #루프탑 #사진맛집 #초록트레이

나는 위례에 거주하고, '나나(내 차의 애칭)'와 축구 경기장이 있는 모든 곳을 누비고 다닌다. 내가 응원하는 전북현대의 전주를 동네 마실 나가듯 가는 나니까 수원 정도면 정말 가깝다고 생각한다. 문득 수원의 뷰 맛집이 궁금했다. 바로 카페 팔레센트의 루프탑 공간이 검색되었다. 초록색 트레이에 담아주는 음료를 들고 루프탑으로 올라가면 확 트인 공간에서 장안문을 배경으로 SNS용 사진을 찍을 수 있다고 했다. 그 '초록색 트레이'에 꽂혔다. 그러나 아쉽게도 내가 방문하게 된 날은 비가 와서 루프탑은 올라가 보지 못했지만 창가에 앉아 아이스 아메리카노 한 잔과 비 내리는 장안문을 보며 운치를 즐기며 기도했다. '경기 때는 비가 오지 말아야 할 텐데….' 정말로 경기 시간에는 비가 오지 않았지만, 루프탑을 보지 못했으니, 비 안 오는 날 야경 보러 한 번 더 와야 한다.

위치 경기 수원시 팔달구 정조로 904-1 2층 문의 010-9801-1215 영업시간 월~일 12:00~21:00(20:30 라스트오더) 메뉴 아메리카노 5,000원, 흑임자라떼 5,800원, 솔티드카라멜라떼 6,000원, 멜트치즈라떼 6,000원, 플랫화이트 5,000원 등 주차 불가(주변 공영주차장 이용)

⚽ 매트그린 #디저트맛집 #크럼블 #자연광맛집

수원에서 만나기로 한 지인과 도착시간이 맞지 않아 약속시간 전에 혼자 카페를 찾았다. 약속 장소에서 최대한 가까운 카페로. '매트 그린' 그린이라…. 모든 초록색을 수집하는 나로서는 가보지 않을 수 없는 이름이었다. 카페에 들어가자마자 크럼블이 시그니처 메뉴인 것을 알 수 있었다. 옥수수 크럼블과 언제나처럼 아이스 아메리카노를 주문하고 메뉴가 준비될 때까지 카페의 모든 공간을 구경했다. 1층부터 3층인 루프탑까지. 아마도 루프탑에 있는 식물들 때문에 매트 그린이라는 카페 이름이 정해졌으리라 짐작이 되었다. 내 기억으로 매장 내부에 그린은 없었다. 아무렴 어떤가. 크럼블이 맛있는데! 바닐라 아이스크림이 올라간 옥수수 크럼블은 시원함과 고소함이 완벽한 조화를 이루고 있었다. 반쯤 먹었을 때, 거의 도착해 간다는 지인의 연락에 살짝 남기고 온 크럼블이 그날 밤, 나를 잠이 들지 못하게 했다.

위치 경기 수원시 팔달구 화서문로45번길 8 문의 031-307-1321 영업시간 월~일 10:30~22:00(매주 화요일 정기휴무) 메뉴 말차슈페너 6,500원, 시나몬돌체라떼 6,500원, 밀크티 6,500원, 플레인스콘 5,500원, 콘치즈크럼블 8,500원 등 주차 불가(주변 공영주차장 이용)

⚽헤올 커피로스터즈 #장안문뷰 #루프탑 #사진맛집 #데이트코스

장안문 뷰의 또 다른 뷰 맛집 카페. 앞서 소개된 장안문 뷰 카페의 옆 건물로 라이벌 구도가 아닐까 싶다. 아니면 선의의 경쟁이라도. 여기도 마찬가지로 루프탑으로 올라간다고 하면 손잡이가 있는 화려한 색의 트레이에 음료를 담아준다. SNS용 사진을 위한 아이템이 똑같다. 다만, 이 카페는 모든 인테리어가 블랙이었다. 초록색을 좋아하기 전 나의 색. 이날은 너무 더워서 루프탑에 올라가 볼 자신이 없었다. SNS용 사진을 위해서 이 더위에도 루프탑에 올라가는 사람들에게 박수를 보낸다. 배가 불러 도저히 저 흑임자 갸또를 먹어볼 정신이 없었던 나를 대신해 지인이 맛을 보고 먹어볼 것을 권했다. "먹어봐. 안 달아." 내가 단 음식을 좋아하지 않는다는 사실을 너무 잘 알고 있군. 그렇지만 배가 너무 부른 걸…. 우리 빼고 거의 모든 손님이 커플 단위였다. 그렇다면 커플 단위 축구 팬이 빠질 수 없지 않은가?

위치 경기 수원시 팔달구 정조로 902　문의 0507-1303-1515　영업시간 월~목 12:00~22:00 금~일 12:00~23:00　메뉴 소오름 6,500원, 흑임자갸또 9,000원, 브라운치즈크로플 14,000원, 바닐라콜드브루 6,500원, 더치커피 6,500원 등　주차 불가(주변 공영주차장 이용)

⚽딥그린 #캐슬파크남문앞 #브런치카페

수원FC의 잔류 또는 강등의 결정전. 그 중요한 경기를 직관하러 캐슬파크에 방문했다. 평소라면 천천히 수원을 구경하고 점심을 먹고도 여유롭게 워밍업 시간에 맞춰서 입장했을 테지만, 오전에 다른 일정을 마치고 급하게 도착하다 보니 점심을 여유롭게 먹을 시간이 없었다. 승강 플레이오프 2차전으로 중요한 경기이기도 했지만 수엘과 부산에는 내가 응원하는 선수들이 많은 터라 워밍업을 놓칠 수가 없었다. 그래도 공복 상태로는 경기 관람을 할 수가 없으니 간단하게 먹으려 남문에서 바로 보이는 'Deep Green'에 들어갔다. 전북현대의 팬으로 초록 병에 걸린 나를 위한 카페. 더군다나 브런치 카페라니! 주문하고 빠른 속도로 샌드위치를 흡입하고 굉장히 급한 발걸음으로 경기장에 입장을 했다. 다행히 워밍업 시작 전임을 확인한 후에 생각했다. 어? 딥 그린⋯. 맛도 초록색이잖아. 초록색은 긍정, 사랑입니다.

위치 경기 수원시 장안구 송정로118번길 7 상가 1층   문의 031-244-0722   영업시간 월~금 09:00~18:00 토 10:00~15:00(매주 일요일 정기휴무)   메뉴 아메리카노 2,800원, 아포카토 4,500원, 루이보스 3,500원, 청귤차 4,000원, 자몽에이드 5,000원 등   주차 가능(무료)

⚽ 월화원 #중국정원 #테마공원 #산책

인계동 효원공원 안에 있는 월화원. 1,820평 규모의 중국 전통식 정원으로 중국 노동자들이
광둥 지역의 전통 문양을 살려 조성했다고 한다. 2003년 경기도와 광둥성이 체결한 '우호교
류 발전에 관한 실행 협약' 내용의 일부였다고 한다. 내부에는 인공연못과 정자 등으로 구성
되어 있었다. 정말 집에서 엄마가 보던 중국 드라마의 세트장 일부 같았다. 월화원의 정문으
로 들어가면 산책로가 잘 조성되어 있어 점심시간이 되면 주변에서 근무하는 직장인들이 산
책을 나오는 듯 보였으며, 셀카를 찍으며 중국식 정원을 즐기는 일반 관람객들도 여럿 있었
다. 곳곳에 전체적인 공간 설명과 부분적인 공간 설명이 아주 자세하게 되어 있어 월화원의
의미에 대해서 잘 알 수 있었다. SNS용 사진이 필요하다면 수원에서 즐길 수 있는 중국 전통
식 정원 월화원을 방문해 보자.

위치 경기 수원시 팔달구 동수원로 399 문의 1899-3300 영업시간 연중무휴 09:00~22:00
입장료 무료 주차 불가(주변 공영주차장 이용)

⚽ 토피어리원 #피크닉 #산책 #공룡나무

공룡, 동물 모양으로 만든 나무들로 유명한 토피어리원. 월화원과 같이 효원공원 안에 있다. '토피어리'가 무슨 뜻인지 궁금해서 검색해 보니, 식물을 여러 모양으로 만든 것을 의미한다고 한다. 그러고 보니 정말 꽤 많은 나무가 공룡 모양이었고, 코끼리 모양도 있었다. 내가 방문했을 때는 평일이었음에도 꽤 많은 사람이 가족 단위로 돗자리를 펴고 아이와 함께 소풍을 즐기고 있었다. 축구 경기가 없는 주말 아이와 무엇을 할지 고민이 된다면, 토피어리원에서 아이와 함께 나무를 보며 무슨 공룡인지 맞히면서 시간을 보내보자. 공룡을 좋아할 5세 정도의 아이라면 이 또한 추억이지 않을까. 간혹 수원을 배경으로 촬영되는 드라마 촬영지로도 이용된다고 하니. 눈여겨보는 것이 좋겠다.

위치 경기 수원시 팔달구 동수원로 399 문의 1899-3300 영업시간 연중무휴 00:00~24:00
입장료 무료 주차 불가(주변 공영주차장 이용)

⚽ 행궁그리다 드로잉카페 #드로잉카페 #체험 #친구와함께

나는 평소에는 그림 그리는 활동을 즐기지 않는 편이지만, 드로잉 카페가 있다면 방문해 보는 편이다. 집에서 쉽게 접할 수 없었던 것을 접해볼 수 있기 때문이다. 수원 행리단길 끝자락 즈음 위치한 드로잉 카페 '행궁 그리다'. 여러 가지 체험 중에 나는 캠핑에서 사용할 목적으로 아크릴 조명 만들기를 주문했다. 체험할 코스와 음료를 주문하면 바로 기본 재료를 주시며 설명해 주신다. 나는 아크릴 조명 만들기를 선택해서 추가적인 재료를 사용할 일이 없었지만 그림 그리기 코스를 선택하는 사람들은 추가적인 재료들을 마음껏 가져다 사용할 수 있다. 아크릴 조명은 아크릴 뒷면에 부착한 도안을 따라 뾰족한 도구로 열심히 긁으면 완성된다. '아, 이 거 경기 진 날 와서 기분을 다스리면서 긁으면 완전 잘 만들어지겠는데?' 그렇다. 아무 생각이 없어지는 활동이다. 수원 원정에서 진 팀의 팬들이 와서 체험해 보는 것을 추천한다.

위치 경기 수원시 팔달구 신풍로39번길 1 문의 031-245-8488 영업시간 월~일 12:00~21:00 (매주 화요일 정기휴무) 체험료 수채화 2인 10,000원, 아크릴캔버스화 17,000원, 아크릴무드등 10,000원(음료 별도) 주차 불가(주변 공영주차장 이용)

⚽ 수원박물관 #박물관 #수원역사 #아이와함께 #교육

오랜 축구 팬이라 주말에 직관은 해야겠는데, 아내와 아이가 축구를 싫어하는 가정이 있을 수 있다. 그럴 때! 수원의 역사를 알 수 있는 수원박물관을 추천한다. 수원박물관 안에는 어린이 박물관도 따로 있고, 2개의 전시실이 있어서 천천히 둘러본다면 두 시간 정도는 아이와 아내가 지루하지 않게 보낼 수 있다. 그 시간을 활용하여 직관하면 된다. 내가 방문했을 때도 가족 단위나 엄마와 아이의 구성으로 많은 관람객이 꽤 있었다. 수원의 역사에 대하여 진지하게 알아볼 수 있는 공간이 있으며, 밀랍인형으로 과거의 가게 모습을 재현해 놓은 공간도 있어 어른들의 옛 추억도 되새겨 볼 수 있다. 어른 기준 2,000원이지만, 매표소에서 카카오톡 채널을 활용하여 무료입장 방법도 제시해 주기 때문에 비용도 저렴하다. 가정의 평화를 지키며 축구를 보는 방법은 다양하다.

위치 경기 수원시 영통구 창룡대로 265 문의 031-228-4150 영업시간 화~일 09:00~18: 00(매주 월요일 정기휴무 / 17:00 입장 마감) 입장료 어른 2,000원, 청소년 및 군인 1,000원, 어린이 및 경로 무료 주차 가능(무료)

119 수원FC x 수원삼성블루윙즈

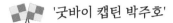 **'굿바이 캡틴 박주호'**

박주호 선수의 은퇴 소식을 들었다. 시즌이 많이 남아있는데도 시즌 중간에 은퇴라니, 믿기지 않았다. 나는 축덕이 된 이후로 지금까지 전북현대만 응원해왔고, 박주호 선수는 전북현대에서 선수 생활을 한 적이 없다. 그런데도 박주호 선수는 내가 행복 축구를 응원하는 선수 중 한 명이었다. 잦은 부상으로 순탄하지 않았던 그의 축구선수 생활이 끝난다니 뭔가 마음 한편이 이상했다. 어쩌면 선수 생활 중에 육아 예능 프로그램에 출연하고, 가족의 투병 소식까지 전해지며 마음이 더 갔으리라고 생각된다. 은퇴식이라니! 그것도 본인이 선수 생활을 했던 울산현대와의 경기에서. 우연의 일치였을까 하필 또 '6월 6일'이었다. 모든 것이 박주호 선수의 은퇴를 의미했다.

박주호 선수의 은퇴식이 진행되는 경기를 예매했고, 당일이 되었다. 2022 시즌에 구입한 박주호 선수의 유니폼을 입고 갈까 고민했지만, 그냥 손에 들고 가기로 했다. 경기장에 도착하자 캐슬파크의 모든 공간이 '박주호'였다. 수옐은 기념 티셔츠에 기념 굿즈까지 팔고 있었다. 의미는 좋았지만 사지 않았다. 은퇴 후의 삶을 당연히 응원하지만 기념하고 싶진 않으니까.

입장 라인에서 '굿바이 캡틴 박주호'가 적힌 응원도구를 받았다. '아, 정말 마지막이구나' 은퇴식은커녕 킥오프 2시간 전인데 벌써 눈물이 고이기 시작했다. 킥오프 1시간 전, 선수들이 워밍업을 위해 필드로 입장했다. 양 팀 서포터즈를 포함한 모든 시선은 박주호 선수에게 향했고, 그의 마지막 워밍업을 위해 모든 관중은 박수를 보냈다.

워밍업 이후, 본 경기를 위하여 선수단이 입장했고 짧은 1차 은퇴식 후에 경기가 시작되었다. 나는 축구선수 박주호의 마지막 순간들을 눈에 담았다. 양 팀의 팬들은 각자의 팀을 응원하면서도 박주호 선수에게 환호했다. 후반전 마지막 몇 분을 남기고 최보경 선수가 교체 투입되면서 박주호 선수가 교체 아웃 되었다. 축구선수 박주호의 마지막 퇴근이었다. 모든 관중의 박수가 쏟아졌다. 박수를 치면서도 눈물이 났다. 경기 종료 후, 박주호 선수가 경기장을 한 바퀴 돌며 팬들에게 마지막 인사를 건네며 일정이 종료되었다.

'그동안 참 많이도 고생했습니다. 축구선수가 아닌 해설 위원 박주호의 삶을 응원하겠습니다.'

🏁 아픈 손가락의 선수들

'전북현대의 세대교체'라는 명목으로 팀에 절대적으로 필요한 베테랑 선수들이 대거 이적했다. 그 중심에는 최보경 선수와 이용 선수가 있다. 당시 구단에서 다양한 측면으로 고민해서 내린 결정이었겠지만 팬들은 서운했고, 이해가 되지 않았다. 팀의 방향성에 맞춰 후배 선수들을 이끌어갈 중·고참 선수들을 한 시즌에 한꺼번에 이적시키다니… 그렇게 지금의 수엘에는 내가 애정이 가진 선수들이 많아졌다. 이용 선수, 이범영 선수 그리고 최보경 선수, 그리고 최근에 K리그로 돌아온 로페즈 선수까지…(2023 시즌 종료 이후, 부산 아이파크로 이적한 로페주 선수와 최보경 선수의 계약 종료 전 이야기임). 구단에 묻고 싶었다. 그래서 사정은 나아졌냐고.

이 선수들은 전북현대와 경기를 하는 날이면 전북현대 서포터즈석 앞으로 인사를 하러 온다. 반갑지만 이런 장면은 아직도 어색하고 불편하다. 물론, 선수들은 본인이 원하는 조건에 맞춰서 또는 더 많은 경기를 뛰기 위해 이적한다. 그런 상황이 이상한 것도 아니고 그럴 때마다 슬프다고 울 일이 아니라는 것은 잘 안다. 선수들이 즐거운 마음으로 원해서 가는 것이라면 팬들도 웃으며 박수 쳐 줄 것이지만, 아니었다. 왜 이런 일이 일어나야 했을까? 아쉬울 뿐이다.

한번 전북은 영원한 전북이라고, 이 선수들의 남은 축구 인생은 '행복 축구'로 가득 찼으면 좋겠다. 아니, 그래야만 한다.

123 수원FC x 수원삼성블루윙즈

🏁 수원 삼성 블루윙즈의 강등

  대형 구단인 '수원삼성 블루윙즈'의 강등. 결국 우려하던 일이 발생했다. 사실 한 시즌 만에 갑자기 발생한 상황은 아니고, 언젠가부터 정규 리그 순위가 하위 스플릿으로 떨어지더니 결국 힘을 발휘하지 못하고 쓰러져 버렸다. 강등보다 쓰러졌다는 표현이 맞겠다. 강등이 확정되는 그 마지막 순간의 현장에서 충격을 받았던 나지만, 아직 현실감은 없다. 아마 수원삼성의 팬이 아니기 때문일 것이다.

  전북현대의 팬으로서 수원삼성은 절대적인 라이벌 구단인 만큼, 마음 한편으로는 웃고 있을지도 모르겠다. 하지만, 대형 구단의 강등은 정말 안타까운 일임이 틀림없다. 아니, 사실은 남의 일이라고 그저 웃을 일은 아니다. 전북현대도 똑같이 처절하고 힘든 2023 시즌을 보냈기 때문이다.

  전북현대를 응원하는 팬으로서 수원삼성 블루윙즈의 강등에 대한 주제로 이야기를 하는 것은 정말 민감하고 조심스러운 부분이라 더 이상의 언급은 하지 않을 것이다. 그저 이번 일을 계기로 전북현대도 위기의식을 느끼고 프리시즌 기간 준비 잘 해서 2024 시즌에는 명성을 되찾을 수 있기를 바랄 뿐이다.

  한번 라이벌은 끝까지 라이벌이지 않는가. 수원삼성 블루윙즈도 빠른 기한 내에 1부로 승격할 수 있기를 바란다.

STARTING LINE-UP

FOOD	CAFE	TRIP
황가네 칼국수	멜티드	인덱스숍
기꾸스시	망원 지튼	바이닐 성수
신호등장작구이	카페 니벨크랙	매치볼하우스
팩피	히비	작은연필가게 흑심
한입소반	퍼크업커피	

🏐 황가네 칼국수 #낙지비빔밥 #로컬맛집

원래 가려고 했던 식당의 웨이팅이 너무 길어 근처에 주차하고 주변을 방황하다 들어가게 된 곳. 동네에 하나쯤은 있을 듯한 식당의 느낌이어서 들어갔는데 유명한 맛집이었고, 느낌 가는 대로 주문하고 보니 내가 주문한 메뉴가 시그니처 음식이었다. 낙지비빔밥과 손만두 3알. 낙지비빔밥은 너무 맵지 않고, 적당히 달면서 맛있게 매워서 며칠 뒤에 바로 생각날 듯한 맛에 낙지가 정말 많았다. 지금껏 먹은 낙지 덮밥 속에 들어있던 화가 날 만큼의 낙지 양과는 차원이 다를 정도로 많았다. 그 매운맛을 중화시켜줄 용도로 주문한 손만두 3알은 안에 두부, 야채, 다진 고기가 잔뜩 들어있었고, 육즙이 가득한 것이 직접 만든 손만두가 분명해 보였다. 만두만 먹으려도 충분히 올 만한 식당이었다. FC서울 팬들은 한 번쯤은 와 봤을 것 같으니, 원정 팬들에게 추천한다.

위치 서울 마포구 매봉산로2길 45 문의 0507-1464-4010 영업시간 월~금, 일 10:00~22:00 (매주 토요일 정기휴무) 메뉴 사골칼국수 9,000원, 낙지비빔밥 10,000원, 손왕만두3개 5,000원, 바지락칼국수 10,000원, 칼만두 10,000원 등 주차 불가(주변 공영 주차장 이용)

⚽기꾸스시 #신촌맛집 #작은가게 #신촌속일본

신촌 현지인 추천 맛집이다. 여기서 말하는 현지인은 바로 나다. 내가 서울에 사는 동안 제일 오랫동안 살았던 집이 바로 이 초밥집 옆 골목이다. 신촌 초밥 맛집 하면 바로 '기꾸스시'라고 나올 정도로 이미 유명한 맛집이다. '가성비 맛집'하면 보통 저렴한 가격에 맛은 그럭저럭 보통을 흉내 내는 식당을 뜻하지만, 사람들은 기꾸스시도 가성비 맛집이라고 표현한다. 무난한 가격대에 맛은 최고급 일식집의 맛을 가지고 있으니 이것도 '가성비 맛집'이겠다. 두툼한 생선회에 많지 않은 밥알의 양. 나는 회가 두꺼운 초밥을 좋아하고 밥 양이 많은 곳을 좋아하지 않는데, 내 스타일을 잘 표현해낸 곳이 바로 기꾸스시다. 경기장 푸드트럭에서 최근 유행하는 것이 불초밥인데, 그 불초밥과는 차원이 다른 싱싱한 생선초밥을 맛보고 싶다면 기꾸스시에서 포장해가는 것이 어떨까?

위치 서울 서대문구 연세로5다길 35 문의 02-324-5356 영업시간 연중무휴 11:30~21:30(15:00~17:00 브레이크타임) 메뉴 기꾸초밥 11,000원, 모듬초밥 15,000원, 연어초밥 19,000원, 연어회 30,000원, 간장새우 10,000원 등 주차 불가(주변 공영 주차장 이용)

⚽신호등 장작구이 #참나무장작구이 #치킨아니고통닭

어느 날 TV에서 참나무 장작을 이용한 음식 맛집으로 소개된 곳이다. 나는 그 방송을 보지 못했지만 어머니가 그 방송을 보고 바로 다음 날 무조건 가봐야 한다고 해서 방문했다. 내가 어딘가를 수술하고 부목을 떼는 날임에도 방문해야 한다는 것은 정말 가보고 싶다는 의미였으니까. 12시 오픈. 11시 30분쯤 도착했음에도 이미 우리는 5번째 테이블이었고, 오픈 시간에는 이미 만석이 되었다. 분명 방송 효과도 있었겠지만, 맛은 방송 효과뿐만이 아니었다. 모든 육류를 즐기지 않는 아빠도 쉽 없이 젓가락을 움직였다. 다른 장작구이를 먹을 때 와는 분명 다른 움직임이었다. 장작에 노릇노릇하게 구워지고, 기름기가 쏙 빠져 바삭한 껍질 속의 살코기는 부드러웠다. 조각조각 잘린 치킨이 아니라 경기 중에 먹기에는 부담스러울 수 있겠지만, 뒤풀이 장소로는 제격이다. 주소지 상으로는 고양시지만 그렇게 먼 편은 아니다.

위치 경기 고양시 덕양구 서오릉로 396-14 문의 02-382-4536 영업시간 연중무휴 12:00~24:00 메뉴 닭장작구이 22,000원, 잔치국수 6,000원, 막국수 8,000원, 골뱅이무침 22,000원, 불닭발 17,000원, 닭꼬치 12,000원 등 주차 가능(무료)

⚽**팩피** #미쉐린가이드 #뚝섬역맛집 #예약제운영

언젠가 직장 동료와의 회식 개념으로 가본 곳이다. 파스타를 좋아하지만 이곳의 파스타는 일
반적이지 않은 곳이라 처음에는 살짝 거부감이 들었다. 그런데 한 입 먹는 순간 거부감이 순
식간에 사라졌다. 오징어리가토니는 그동안 느껴보지 못한 맛이었다. 오징어의 진한 맛, 리가
토니의 쫄깃함, 뭔지 모르겠는 견과류의 고소함, 신선한 야채와의 조화는 미쉐린 가이드에 왜
수년간 채택이 되었는지를 알 수 있는 맛이었다. 나는 이후 이곳을 3번 정도 더 방문했는데,
갈 때마다 오징어리가토니를 주문했고, 사람들도 오징어리가토니와 고수 파스타를 주문하는
것을 보니 두 가지가 사실상 시그니처 메뉴인 것 같다. 예약제에 당연히 테이크아웃은 안되는
맛집으로 축구 경기를 보며 먹을 수는 없겠지만, 경기 전후로 맛있는 파스타를 먹으며 행복
회로를 돌려보는 것은 어떨까?

📍
위치 서울 성동구 왕십리로 136 102호 문의 0507-1428-7595 영업시간 수~일 11:30~22:00
(15:00~18:00 브레이크타임 / 매주 월, 화요일 정기휴무 / 100% 예약제로 운영) 메뉴 오징어
리가토니 26,000원, 훈연초리토마토링귀니 26,000원 등 주차 불가(주변 공영 주차장 이용)

⚽한입소반 #묵은지참치김밥 #이영자맛집리스트 #숙대맛집

'이영자 맛집'으로 유명한 숙대 김밥 맛집. 신촌에 이어 숙대 근처에서 몇 년간 살았던 그때, 동네 유명한 김밥집으로만 알고 있던 김밥집이 이영자 맛집으로 방송에 나와서 방문해 보고 그때부터 꾸준히 방문하기 시작한 김밥집이다. 이곳의 대표 김밥은 '묵은지 참치김밥'이지만, 나는 이 김밥집에 시금치 대신 들어가는 생부추의 향과 맛을 좋아하지 않아 '삼겹 한쌈 김밥'을 주로 먹는다. 삼겹살은 먹고 싶은데 혼자 구워 먹기도, 굽기도 쉽지 않은 상황일 때 추천하는 김밥이다. 삼겹살 한 줄에 쌈장, 상추, 당근과 매운 고추가 들어간 김밥. 김밥이 아니라 쌈을 먹는 느낌이다. 간혹, 저녁 경기 때 보면 퇴근 후에 바로 경기장으로 달려와 경기를 보며 김밥으로 끼니를 해결하는 축구 팬들을 많이 볼 수 있다. 흔한 김밥도 좋지만 이런 이색 김밥으로 간단하지만 든든한 한 끼를 해결해 보자.

위치 서울 용산구 청파로45길 3 문의 02-701-4417 영업시간 연중무휴 07:00~19:00 (단기 여름휴가 시즌에만 휴무) 메뉴 묵은지참치김밥 5,500원, 매콤멸치김밥 5,500원, 시래기김밥 5,500원, 삼겹한쌈김밥 7,000원 등 주차 불가(주변 공영 주차장 이용)

⚽ 멜티드 #연남동핫플 #수제젤라또 #토핑젤라또

젤라또는 이탈리아어로 '아이스크림'이라는 뜻이지만, 한국에서는 일반적으로 '이태리풍 아이스 밀크'를 의미한다. 그래서일까 흔하게 볼 수 있는 젤라또 가게에서의 젤라또 맛이나 31가지 맛 중에서 골라 먹을 수 있는 가게에서의 아이스크림 맛이나 다를 바 없다고 생각하고 있었다. 멜티드 젤라또를 먹어본 후에야 다르다는 것을 알 수 있었다. 젤라또와 아이스크림은 엄연히 다르다는 것을. 쫀득하면서도 부드러워 차가운 크림치즈를 먹는 느낌이었다. 멜티드의 젤라또는 수제로 만들고 다른 곳과는 다르게 메뉴에 따라 토핑이 더해져 입안에서 느낄 수 있는 모든 식감을 한 번에 느낄 수 있었다. 포장용 박스로 구매하면 2시간까지 보냉이 가능하게 포장을 해주니, 무더운 여름의 직관은 멜티드 젤라또와 함께해보자.

위치 서울 마포구 성미산로29안길 27-7 문의 0507-1447-1205 영업시간 목~월 13:00~ 21:00(매주 화, 수요일 정기휴무) 메뉴 두가지맛(한컵) 7,000원, 세가지맛(한컵) 12,500원, 작은상자 22,000원, 에그바게트 7,500원 등 주차 불가(주변 공영 주차장 이용)

⚽망원 지튼 #음악카페 #조용한카페 #에그타르트 #분좋카

나른한 오후, 저녁 경기 전에 조용한 곳에서 작업할 공간이 필요했다. '분위기와 음악 모두 완벽한 카페'라는 한 줄 리뷰를 보자마자, 여기다 싶었다. 사실 요즘 카페에서 카공족이나 노트북 이용객을 꺼려 하는 눈치여서 아주 조심스럽게 들어갔다. 아니 쭈뼛쭈뼛이라는 단어가 더 어울리겠다. 들어가자마자 '아지트'스러움과 공간에 너무 잘 어울리는 선곡으로 만들어진 분위기에 반해버렸다. 이미 노트북 이용자들이 다수 있어서 눈치도 덜 보였고, 갓 구운 에그타르트를 보는 순간, 유명 에그타르트 전문점에서도 볼 수 없었던 크기와 바삭함이 눈에 보여 주문하지 않을 수가 없었다. 작업은 무슨, 에그타르트와 아이스 아메리카노 한 잔의 조화를 느끼다가 그렇게 나는 경기장으로 향했다. 인생 에그타르트를 맛보고 싶다면, 망원 지튼이 답이다.

🔍

위치 서울 마포구 망원로 73 2층 문의 0507-1357-4871 영업시간 연중무휴 12:00~22:00(21:30 라스트오더) 메뉴 블러디자몽 6,500원, 콜드브루 5,000원, 플랫화이트 5,000원, 갓파더 6,000원, 딤블라밀크티 6,000원 등 주차 불가(대로변 공영 주차장 이용)

⚽카페 니벨크랙 #축구브랜드 #홍대카페 #쇼룸

사실, 전문적인 카페는 아니고 축구 의류 브랜드 '니벨크랙'의 쇼룸에 부분적으로 카페를 추가한 공간이라고 한다. 그래서 의류, 굿즈 등의 MD 상품 종류는 다양하지만 커피의 종류는 다양하지 않다. 아무렴 어떤가? 나는 이 분위기를 즐기러 방문했고, 커피는 항상 아이스 아메리카노만 마시는걸. 커피를 주문하고 공간의 모든 것을 구경했다. 작지만 알찬 카페. 4면 중, 2면이 통창으로 되어 있어 자연광이 카페의 분위기를 밝게 만들었다. 벽면에 걸린 액자도 축구 일러스트였고, 모든 게 축구 그 자체였다. 아쉽게도 마음에 드는 의류는 사이즈가 없어 살 수 없었고, 브랜드명이 크게 적힌 텀블러를 보고 살까 말까 고민하던 중에 주문한 음료를 그 텀블러에 담아주는 게 아닌가. 완벽한 자태에 바로 구입했다. 유니폼을 생활 의류로 입는 블랙 코어스타일이 유행이라던데, 축구 팬이라면 여기서 하나쯤 장만하는 것도 나쁘지 않겠다.

위치 서울 마포구 동교로18길 31　문의 070-7857-8952　영업시간 월~토 11:00~19:00 (매주 일요일 정기휴무)　메뉴 에스프레소 4,500원, 마로키노 6,000원, 아메리카노 5,000원, 밀크티 6,000원, 아이스티 7,000원 등　주차 불가(주변 공영 주차장 이용)

⚽히비 #카레빵 #연남동속작은일본 #컵빙수

일본식 카레빵. 흔히 우리가 말하는 '크로켓이 아닌가?'라는 생각은 했지만, 이날따라 푸드트럭 음식은 먹고 싶지 않아, 경기장으로 향하던 길에 급하게 방문했다. 주변에 도저히 주차를 할 공간이 나지 않았고, 주변이 온통 일방통행 길이어서 몇 분 동안 돌고 돌아 겨우 구석에 주차하고 방문했다. 분명 한국식 주택 건물인데 일본이었다. 이미 품절인 종류도 있어서 반숙 카레빵 하나와 새우 카레빵 하나를 사고, 날이 너무 더우니까 여름에만 파는 멜론 소다 컵빙수 하나를 주문했다. 거칠게 간 얼음에 초록색 멜론 소다 시럽 듬뿍. 빙수는 재미 삼아 먹어볼 만한 누구나 다 아는 멜론 소다 맛이었지만, 카레빵은 정말 내가 일본에 있는 것 같은 맛이었다. 겉바속촉의 진수. 진하고 살짝 매콤한 카레 맛이 기름으로 튀긴 카레빵의 맛을 단단히 잡아주어 느끼하지 않았다. 흔한 푸드트럭 음식에 질렸다면 서울 원정 때 방문해 보자.

위치 서울 마포구 연남로11길 32 문의 0507-1336-4769 영업시간 화~토 12:00~19:00 (매주 일, 월요일 정기휴무) 메뉴 반숙카레빵 3,900원, 치즈카레빵 4,000원, 감자카레빵 3,900원, 고기카레빵 3,600원, 카키코리 3,600원 등 주차 불가(주변 공영 주차장 이용)

⚽퍼크업 커피 #수색역근처 #초록색카페

한동안 매주 토요일에 상암동을 방문할 일이 있었는데, 시간에 맞춰 가려면 위례인 우리 집에서 상암동까지 편도 2시간이었다. 2시간을 길에 버릴 수는 없으니, 일찍 출발하고 근처에서 대기를 하기로 했다. 그렇게 나는 편도 1시간의 이동과 대기시간을 갖게 되었다. 노트북 작업을 위해 카페를 찾던 중, 모든 인테리어가 초록색인 아주 매력적인 카페를 발견했고, 방문하자마자 반해버렸다. 화이트톤에 초록색으로만 세팅된 인테리어라니…. 2인용 테이블 6개 정도 있는 아주 작은 개인 카페지만, 통유리로 들어오는 자연광 덕분에 공간이 좁아 보이지 않았다. 더욱이 개인 카페에 비하여 음료 가격도 저렴한 편이었는데, 산미도 없어서 굉장히 만족스러웠다. 당분간 상암동 카페는 여기다. 전북의 서울 원정 경기에 응원 오는 우리 전북 팬들에게 꼭 소문내고 싶어지는 카페다. 여러분 여기 초록색 카페 있어요.

위치 서울 마포구 월드컵북로 434 1층 문의 0507-1354-5403 영업시간 월~금 07:30~18:30 토 10:00~14:00(매주 일요일 정기휴무) 메뉴 토마토바질크러쉬 4,500원, 카페라떼 3,000원, 아인슈페너 4,000원, 꿀자몽블랙티 4,300원 등 주차 가능(유료)

⚽ 인덱스숍 #건대핫플 #독립서점 #북카페

인덱스(index)는 '색인, 찾아보기'라는 뜻이 있는데 그 의미에 맞게 직접 손글씨로 적어놓은 책에 대한 사장님의 의견이나, 책의 소개 글 등을 보고 마음에 드는 책을 고를 수 있는 곳이다. 그래서 북 카페, 독립서점이라는 표현보다 큐레이션 서점이라고 많이 불린다. 이곳의 테이블에 앉아서 책을 읽고자 할 때면, 구매한 책으로만 테이블에서 읽을 수 있는 시스템이지만, 책을 좋아하는 사람이라면 마음에 드는 책 한 권쯤은 쉽게 고를 수 있을 것이다. 책도 책이지만, 분위기가 따뜻하고 통창으로 들어오는 자연광 덕분에 보정을 하지 않아도 SNS용 사진을 찍을 수 있어서인지 사진을 찍으러 오는 커플 단위의 손님들이 꽤 많았다. 우리가 또 트렌드에 뒤처지지 않는 축구 팬이지 않은가. 그렇다면 가보지 않을 수 없다.

위치 서울 광진구 아차산로 200 커먼그라운드 3층 문의 02-2122-1259 영업시간 연중무휴
11:00~22:00 입장료 무료(음료 및 도서 구입 별도) 주차 가능(유료 / 구매 금액에 따라 안내
데스크에서 차량번호 등록)

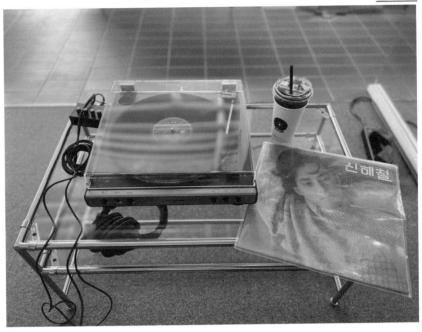

⚽바이닐 성수 #바이닐카페 #LP #사진맛집 #실내데이트

1인당 입장료 18,000원에 음료 한 잔과 개별 좌석에서 원하는 LP로 음악을 들을 수 있는 공간이다. 주말같이 사람이 많을 때는 좌석당 2시간, 그러니까 LP 2장으로 제한이 되는 듯했다. 하지만 내가 방문했던 평일에는 제한사항에 특별히 신경 쓰는 분위기는 아니었다. 생각보다 LP 개수는 많지 않았지만 꼭 있을 것만 있는 아주 선택과 집중이 잘 된 느낌이었다. 바이닐 카페에 갈 때면 항상 눈에 보이는 신해철의 'myself' 앨범을 들고 자리에 와 A면부터 B면까지 빠짐없이 감상했다. 개인적인 추억이 생각나는 시간이었다. 턴테이블이 처음인 사람들을 위해 사용법도 테이블마다 자세하게 적혀있어 사용에 큰 문제가 없다. 테이블당 하나의 턴테이블로 2명씩 들을 수 있도록 헤드폰이 세팅되어 있는데 친구나 연인끼리 가서 서로 앨범을 추천해 주며 상대방의 음악 스타일을 알아보는 시간을 가져보는 것도 좋겠다.

위치 서울 성동구 아차산로 15-8 2층 문의 0507-1339-5194 영업시간 월~금 11:00~23:00
토~일 10:00~23:00 입장료 1인 18,000원(음료 포함) 주차 불가(주변 공영 주차장 이용)

⚽ 매치볼 하우스 #축구펍 #매치볼전시 #사장님은FC서울팬

울산 원정 경기 예매 대기번호 3만몇천 번째…. 현실인가 싶었다. 그렇다고 홈 좌석에서 볼 순 없지 않은가? 규정도 규정이지만 누가 봐도 난 전북 팬이기에 홈 팬들 사이에 있다간 살아서 돌아오지 못할 게 뻔했다. 그만큼 치열한 라이벌 관계. 그래서 친구와 함께 쌍문동의 축구 펍 '매치볼 하우스'로 갔다. 평소에는 EPL 등 해외 리그 경기 중계를 틀어주지만 중요한 K리그 경기도 틀어주신다길래 예약하고 갔는데 웬걸, 우리랑 한 테이블 빼고는 모두가 울산 팬인 듯 싶었다. 라이벌 매치, 슈퍼매치는 이렇게 분위기가 갖춰진 공간에서 분위기에 휩쓸려 보는 것이 더 재밌지만, 이날은 바로 옆 테이블에 앉은 어느 울산 팬의 전북 모욕과 선수들에 대한 심한 욕, 보란 듯이 모든 공간이 울리도록 치는 박수 등에 중계가 종료되자마자 나왔다. 서울에 전북 팬들 없나요? 2024 시즌에는 매치볼 하우스에서 한번 모여봐요 우리.

위치 서울 도봉구 도봉로 497 문의 0507-1308-3515 영업시간 월~금 16:30~02:00 토~일 16:30~03:00(해외 리그 경기시 연장 영업 메뉴 해물국물떡볶이 15,000원, 피쉬앤칩스 17,000원, 해물짬뽕탕 17,000원, 어묵탕 17,000원 등 주차 불가(주변 공영 주차장 이용)

143 FC서울

⚽작은 연필가게 흑심 #문구덕후 #연필가게 #드라마촬영지

나는 대학 시절에 악보를 그려야 했기에, 썼다 지우기 편한 연필을 사용했다. 그 때문인지 아직도 샤프나 펜보다는 연필을 많이 사용하는 편이다. 나는 글씨체도 기분에 따라 다른 것 같다. 그립감이 좋은 연필이나 펜으로는 글씨가 잘 써지지만 그렇지 않은 것으로는 글씨체가 아주 엉망이다. 이 모든 것은 연필을 모으기 위한 사전 작업이었다. 사실, 한때 내가 빠져있던 드라마에서 문구 덕후인 주인공들이 썸을 타고, 몰래 데이트하는 장면이 촬영된 공간이다. 연필부터 연필 캡, 지우개, 연필깎이, 연필꽂이 등 꽤나 다양한 물건이 있다. 나는 전북현대의 팬이지 않은가. 정신을 차려보니 초록색 연필을 골라 들고 계산대로 향하고 있었다. 나는 직관 다녀온 내용을 유튜브나 블로그에 남기지만, 간혹 일기장에 직관 일기를 쓰는 경우를 본 적이 있다. 응원하는 구단 색의 연필에 각인해서 직관 일기용 연필을 만들어보자.

위치 서울 마포구 연희로 47 3층 문의 0507-1394-0923 영업시간 화~금 13:00~20:00 토~일 13:00~19:00(매주 월요일 정기휴무) 구입가능상품 각종 연필, 메세지미니연필, 지우개, 연필캡, 펜슬스탠드 등 주차 불가(주변 공영 주차장 이용)

145 FC서울

STARTING LINE-UP

FOOD	CAFE	TRIP
해송반점	장생포 고래빵	웨일즈 판타지움
정원면가	카밋	대왕암공원
싱글벙글횟집	호피폴라	선암호수공원
코카펠라	간절곶해빵	
다올밥상		

⚽ 해송반점 #로컬맛집 #부먹탕수육 #노포맛집

나는 옛날의 맛이 좋다. 요즘의 탕수육보다 케첩이 들어간 탕수육 소스에 적셔져서 눅눅하고 달달한 탕수육이 더 좋다. 그 옛날 탕수육을 맛볼 수 있는 중식당이 바로 해송 반점이다. 찐 바이브가 절로 느껴지는 외관에 홀려 간짜장과 미니 탕수육을 주문했다. 당연히 다 못 먹을 줄 알고 미리 포장 가능 여부를 확인하고 먹기 시작했는데, 새콤하고 달콤한 누구나 다 아는 그 소스에 버무려진 탕수육은 튀김옷이 생각보다 얇았고 고기가 굉장히 두툼했으며, 소스와 만나 눅진하게 변해 입안에서 미끄럼틀을 탈 정도였다. 지금까지 먹었던 간짜장과 탕수육 중에 단연코 1순위라고 말할 수 있다. 다만 손님은 많고, 한 분이 요리하는지 주문하고 음식이 나올 때까지 꽤 오랜 시간 기다려야 해서 바쁘다 바빠 현대사회와는 거리감이 있는 식당이지만, 예약하고 방문하면 빠르게 음식을 맛볼 수 있다.

위치 울산 울주군 서생면 송리4길 6-2 문의 052-239-5555 영업시간 화~일 11:00~20:00(19:30 라스트오더 / 매주 월요일 정기휴무) 메뉴 미니탕수육 12,000원, 간짜장 8,000원, 짬뽕 8,000원, 매운짬뽕 9,000원 등 주차 가능(주변 모든 곳에 무료 주차 가능)

⚽ 정원면가 #자가제면 #수제비맛집 #로컬분식집

2023 시즌 울산 홈에서 진행되는 전북과의 개막전 당일. 정말 추운 날이었다. 경기가 끝나기 전에 내가 먼저 동태가 될 것 같아서 전반전만 보고 나왔다. 무조건 몸을 녹일 수 있는 음식이 필요했고, 가까운 거리에 자가제면 맛집이 있었다. 뜬금없이 '자가제면'이라는 단어에 꽂혀서 방문했다. 이 단어로 홍보하는 것을 보니 다른 곳은 아닌 곳이 많겠구나 싶어서였을까? 사실 나는 칼국수나 수제비를 별로 좋아하지 않는다. 이유는 밀가루 냄새가 나서인데, 차라리 칼국수보다는 수제비를 먹는 편이어서 수제비와 만두 반 접시를 주문했다. 밀가루 냄새가 나면 국물이라도 먹고 몸을 녹일 생각이었는데, 밀가루 냄새가 전혀 나지 않았다. 심지어 국물도 맑고 시원했다. 시원하고 뜨듯한 수제비 한 그릇으로 꽁꽁 얼었던 몸을 녹이고 다행히 다음 일정으로 자리를 옮길 수 있었다.

위치 울산 중구 일중로 4 문의 507-1351-7476 영업시간 연중무휴 10:30~21:00 메뉴 얼큰장칼국수 8,000원, 손수제비 8,000원, 뚝배기비빔밥 9,000원, 바지락칼국수 8,000원, 들깨칼국수 8,000원, 고기만두 6,000원 등 주차 불가(주변 공영주차장 이용)

⚽ 싱글벙글횟집 #동네횟집 #로컬맛집 #횟밥

울산 원정을 핑계 삼아 울산 여행을 하다 보니 피곤해졌다. 숙소로 들어가는 길에 갑자기 생
각난 저녁 메뉴는 회덮밥. 내가 있는 곳에서부터 숙소까지 가는 길에 회덮밥 맛집이 있는지
검색해서 발견한 동네 작은 횟집. 도착 15분 전 즈음 전화로 회덮밥 한 그릇 포장을 주문했다.
가게에 도착해서 안 사실, 이곳에서 회덮밥의 이름은 '횟밥'이었다. 뭔가 더 바다스러운 이름
이 마음에 쏙 들었다. 숙소에 도착해 짐을 풀자마자 먹을 준비를 했다. 다행히 필요 없는 야채
빼고 정석만 들어간 횟밥이었다. 초장 베이스 양념을 조금씩 넣어가며 왼손으로 비비고 오른
손으로 비벼서 한입 먹는 순간 역시였다. 괜히 맛집으로 이름난 동네 식당이 아니었다. 새콤
달콤하게 비벼진 횟밥 한 숟갈에 식지 않은 미역국 한 모금이 입에서 춤을 췄다. 다른 반찬이
뭐가 필요할까 싶은 완벽한 횟밥의 맛이었다. 울산 원정 가면 갈 곳이 많아지고 있다.

위치 울산 동구 대송로 20 문의 052-235-3990 영업시간 연중무휴 10:30~22:30 메뉴 물회
15,000원, 횟밥 15,000원, 가자미미역국 12,000원, 모듬회 70,000원, 회정식 50,000원, 전복
죽 20,000원, 돌문어 30,000원 등 주차 불가(주변 공영주차장 또는 골목 주차 가능)

153 울산 HD FC

⚽ **코카펠라** #햄버거 #미국감성 #1인운영매장

내가 울산 원정에서 갔던 곳 중에 문수 월드컵 경기장에서 제일 가까운 곳에 있는 미국 감성 수제버거 맛집이다. 골목에 있어 주차 공간은 없지만, 운이 좋으면 매장 앞에 한대 정도는 주 차할 수 있다. 주차하고 들어가자마자 나한테 공간이동을 할 수 있는 초능력이 있는 줄 알았 다. 모든 것이 미국 그 자체였다. 아니, 미국 할렘가라고 표현하는 것이 더 어울리겠다. 성조 기부터 내가 좋아하는 그루브 폭발하는 블랙뮤직과 영상이 흘러나왔고, 벽에는 비슷한 류의 사진과 잡지들이 잔뜩 붙어 있었다. '모든 것은 기본부터'라는 말을 좋아한다. 제일 기본인 치 즈 버거 세트를 주문했고, 감자튀김은 해시브라운으로 변경했다. 게다가 병 콜라라니…. 찐이 다. 분위기와 직접 만들어 구운 패티에 생양파, 치즈, 햄버거빵의 조화는 정말 미국 그 자체였 다.

🔍

위치 울산 남구 대공원로97번길 3 문의 0507-1426-0502 영업시간 수~월 11:00~21:00 (매 주 화요일 정기휴무 / 15:00~17:00 브레이크타임) 메뉴 치즈버거 6,500원, 더블치즈버거 9,500원, 해시브라운 3,000원 등 주차 불가(주변 공영주차장 또는 매장 앞 주차 1대 가능)

⚽ 다올밥상 삼산점 #가정식백반맛집 #게장백반맛집

울산 원정 경기 전날, 울산에 도착하자마자 집밥 같은 밥이 먹고 싶어 방문한 식당. 원래는 게장백반 맛집으로 유명한 곳이지만, 게장은 본가 근처에 먹는 곳에서만 먹는 편이어서 김치찌개백반에 고등어구이를 추가로 주문했다. 김치의 맛에 따라 김치찌개의 맛이 정해지는 복불복인 것을 알아서 살짝 고민했었는데, 음식이 나오자마자 괜한 고민이었다는 것을 알았다. 아빠의 표현을 빌려서 마치 맞게 익은 김치에 숭덩숭덩 썰어 넣은 돼지고기를 넣어 만든 김치찌개. 인정이다. 체인점인 것 같지만 그런들 어떠한가. 내 입에 맞으면 그만이지. 따뜻한 쌀밥을 입에 넣고 고기와 김치, 국물 한 숟가락을 같이 먹으면 여기가 집이었고, 다시 쌀밥 한입에 짭조름한 고등어구이 한입은 여기가 우리 집 식탁이었다. 삼산동 번화가 근처에 있어 카페까지 바로 연결이 가능하다.

위치 울산 남구 남중로 91 문의 052-276-0010 영업시간 연중무휴 11:30~22:00(21:00 라스트오더) 메뉴 게장백반 10,000원, 청국장찌개백반 8,000원, 왕새우버터구이 20,000원, 모듬생선구이 15,000원 등 주차 불가(건물 뒷편 골목 주차 가능)

⚽ 장생포 고래빵 #장생포 #고래문화마을 #우영우가생각나는곳

울산하면 고래고, 고래하면 장생포다. 고래 투어 배를 타도 고래를 못 볼 확률이 더 크다고 하는데, 그렇다면 나는 그냥 고래빵을 먹겠다고 들른 장생포 고래빵이다. '붕어빵의 모양이 고래겠지'라는 생각으로 방문했는데, 그런 스타일이 아니었고, '빵 부분이 카스텔라인 호두과자가 고래 모양이었다'라고 설명하는 것이 더 맞는 표현이겠다. 슈크림과 팥 모양의 고래빵이 있었는데, 슈크림은 주말에만 판매한다고 해서 어쩔 수 없이 팥 고래빵 제일 작은 용량 6개를 구입했다. 평일 비수기에는 여행객이 많이 없으니 저렇게 포장된 상태의 식은 고래빵이었겠지만, 어쩌면 주말에는 갓 구운 고래빵이지 않을까 싶다. 다음에 방문한다면 나는 꼭 주말에 방문해서 슈크림 맛 고래빵을 먹어봐야겠다. 카스텔라 빵에 슈크림의 조화라면 이미 상상이 되는 맛이지만 말이다.

위치 울산 남구 장생포고래로231번길 3   문의 0507-1320-6568   영업시간 연중무휴 10:00~18:00 메뉴 팥고래빵(5개) 5,000원, 슈크림고래빵(슈크림은 주말에만 구입 가능)6개 5,000원 등 주차 불가(대로변 무료주차칸 이용)

⚽ 카밋 #구움과자맛집 #조용한카페 #자연광맛집

태화강 국가 정원 근처의 구움과자 맛집으로 유명한 카페. 전체적으로 아담하고 아기자기한 스타일로 내가 이 동네에 살았다면 뭔가 아지트로 삼았을 것 같은 분위기의 카페였다. 어느 한적한 동네에 있는 개인 운영 카페이지만 커피, 차의 종류도 다양했고, 구움과자의 종류도 다양했는데, 에이드도 직접 만든 수제청으로 만든다고 한다. 카운터 옆에는 구움과자 맛집답게 꽤 여러 종류의 구움과자가 있었는데, 밥을 먹고 바로 온 거라 안 시킬까 싶었지만 구움과자 맛집이라니…. 안 시킬 수가 없었다. 아이스 아메리카노에 버터쿠키 하나요. 그렇게 달지 않아 순식간에 버터쿠키가 내 입안으로 사라졌다. 내부에는 카페 인테리어에 흔하게 사용되는 나무 재질의 테이블과 의자가 세팅되어 있는데 우드와 초록의 콜라보는 언제나 찬성이다.

위치 울산 중구 태화동 35-30 문의 0507-1309-5967 영업시간 목~화 11:00~20:00(19: 30 라스트오더 / 매주 수요일 정기휴무) 메뉴 펌킨파이 4,700원, 피스타치오라떼 5,500원, 아메리카노 3,800원, 골드키위에이드 5,300원 등 주차 태화시장2공영주차장 이용

Coffee and Tea HOPPIPOLLA Enjoy the Sea

⚽ 호피폴라 #오션뷰 #뷰맛집 #나사리해수욕장

휴양지 느낌의 오션뷰 대형카페. 사람들이 홀릴 만한 단어를 모두 포함하고 있는 카페다. 나사리 해수욕장과 맞닿아 있고 올라가는 방향으로 간절곶이 있어 아마도 많은 사람이 찾는 카페인 것 같다. 사실 1층은 그렇게 자세히 둘러보지 않았다. 나는 드넓은 바다를 한눈에 내려다볼 생각으로 2층에 있는 바다를 정면으로 볼 수 있는 좌석을 선택했다. 바다와 정면으로 있는 건물이 아니라서 깔끔한 수평선이 보이는 것은 아니지만 이만해도 좋다. 더 이상 어떠한 설명이 필요할까. 아무 생각 없이 아무 말도 하지 않고 멍하니 바다를 보고 있는 이 시간이 잠시 멈춘 듯한 느낌이 들 정도인 것을. 솔직히 말하면 문수 월드컵 경기장에서 멀다. 진짜~ 멀다. 하지만 이 책을 읽고 해송 반점의 탕수육 맛이 궁금해서 방문했다면 다음 코스는 자연스럽게 호피폴라가 될 것이다.

위치 울산 울주군 서생면 나사해안길 6   문의 052-238-2425   영업시간 연중무휴 10:00 ~23:00 메뉴 아메리카노 6,000원, 카페라떼 6,500원, 티라미수콘파냐 6,500원, 호피폴라프 룻티 7,000원, 꿀밤라떼 7,000원, 베이커리류 등 주차 가능(무료)

⚽ 간절곶 해빵 #울산기념품 #해빵 #SNS업로드용

간절곶 해빵은 이미 많은 사람이 알 것이다. 박주호 선수가 울산현대에 있던 시절, 건나블리와 함께 방문해서 건후의 유명 대사 '해빵!!!'이 탄생한 바로 그곳이다. 원래 있던 장소에서 조금 떨어진 곳(간절곶 근처)으로 이사를 했다. 이사한 덕에 조금은 깔끔해졌다. 빵 아래 부분은 단단한 소보로 느낌으로 되어 있고 크림을 둘러싼 빵은 카스텔라로 되어 있는 빵인데, 앞서 소개된 고래빵처럼 커스터드, 팥, 앙버터 맛이 있지만 나는 항상 슈크림을 산다. 뭔가 카스텔라 빵에는 슈크림이 정답인 것 같다. 내 생각으로는 울산 여행 기념품으로는 이만한 것이 없는 것 같다. 우리나라에서 가장 해가 빨리 뜨는 간절곶을 상징하는 해빵인만큼 해빵 하나 먹고 한 해 동안 이루고 싶은 소원을 빌면 소원이 이루어진다고 한다. 믿거나 말거나지만.

위치 울산 울주군 서생면 간절곶1길 5 문의 0507-1442-0388 영업시간 월~일 12:00~19:00 (매주 세번째 일요일 정기휴무) 메뉴 해빵(커스터드 20,000원, 앙버터 21,000원), 아메리카노 등 주차 가능(무료)

⚽ 웨일즈 판타지움 #고래 #미디어아트 #우영우가생각나는곳

여행에서 미디어아트 체험관이 있다면 거의 한 번쯤은 가보는 편이다. 현실에서 일어날 수 없는, 상상 속에서만 일어날 수 있는 그런 상황들을 잠시나마 느껴볼 수 있어서다. TMI지만, 나는 철저하게 대문자로만 구성된 ENFP다. 어머니와 울산에 여행 와서 이 동네를 들렀었는데, 여기를 몰랐다. 제주도나 포항에 있는 미디어아트의 크기보다는 매우 작지만 고래가 울산 곳곳을 돌아다니는 것을 볼 수 있다. 드라마 〈이상한 변호사 우영우〉를 본 사람들이 있다면 드라마 속에서 우영우가 좋은 생각이 떠올랐을 때 고래가 하늘을 날고 바다를 자유롭게 헤엄치는 그 CG와 비슷하다고 설명할 수 있겠다. 센서를 활용해서 내 행동에 따라 움직이는 그림, 울산 랜드마크를 돌아다니는 고래, 여러 종류의 고래 사진들까지. 크기는 작지만 알찬 공간이다. 통합 이용권으로 고래 문화마을의 모든 공간을 체험해 볼 수 있는 점이 장점이다.

위치 울산 남구 장생포고래로271-2 문의 052-226-0980 영업시간 연중무휴 09:00~18:00
입장료 성인 기준 2,000원(고래문화마을 통합 입장권) 주차 가능(무료)

⚽ 대왕암공원 #해안산책로 #해산물맛집 #뷰맛집

울산 여행의 필수 코스가 아닐까 싶다. 엄마랑 둘이 울산 여행을 했던 그때, 그저 뷰가 좋은 산책코스로 알고 처음 방문했었는데, 그 이후로 울산 원정 갈 때마다 한 번씩 들러보는 곳이다. 주차하고 끝까지 가는 길이 나에게는 참 멀고 멀지만, 여기서는 언제나 해내고 만다. 어디까지나 내 기준이다. 걷다 보면 서울의 한강이나, 충주의 탄금호공원처럼 매일 이곳에서의 운동이 루틴인 사람들이 참 많이도 보였다. 그렇게 길의 끝까지 걸어가면 끝없이 펼쳐진 바다와 그곳을 제일 잘 느낄 수 있는 공간, 나이가 지긋한 어르신들이 해산물을 파는 공간이 보인다. 여기다. 바위들 사이에 간신히 펼쳐진 평상에서 바닷바람을 그대로 맞으며 먹는 해산물의 맛. 울산에서 방문했던 모든 곳을 포함해서 엄마의 진짜 웃음을 볼 수 있는 공간이었다. 이 책에 영상을 첨부할 수 없는 것이 아쉬울 정도. 가족 단위로 또는 어른들을 모시고 다니는 축구 팬들에게 꼭 추천할 만한 장소다.

🔍
위치 울산 동구 일산동 산907 문의 052-209-3738 입장가능시간 연중무휴 00:00~24:00
입장료 무료 주차 가능(유료)

⚽ 선암호수공원 #산책 #자연생태공원

울산의 여러 명소 중에서 가장 유명하지 않지만, 사계절을 가장 잘 느낄 수 있는 공원이라고 한다. 내가 방문했을 때는 12월 말로 겨울이었다. 지금까지 경험한 자연 생태공원의 겨울은 볼거리가 없었기에, 큰 기대를 하지 않고 방문했다. 기대가 크면 실망도 크다고 했던가? 하지만 선암호수공원은 그 반대다. 추운 겨울임에도 산책로를 따라 산책하는 사람들이 꽤 많았다. 물 위로 연결된 데크 위를 걷다 보면 새인지 오리인지 모를 생명체가 자유로이 먹이활동을 하고, 친구들이랑 장난치는 모습을 볼 수 있어서 전혀 지루하지 않은 코스다. 문수축구경기장에서도 그렇게 멀지 않은 거리에 있어서, 원정 응원이나 직관하러 핑계 삼아 울산 여행을 계획한 축구 팬들에게 추천하는 코스다. 특히, 울산까지 원정 응원을 왔는데, 응원하는 팀이 경기에서 졌다면, 선암호수공원 소원을 들어주는 돼지 조각상 위에서 소원을 빌며 마음을 다스리는 것도 괜찮겠다.

위치 울산 남구 선암동 490-2 문의 052-226-4853 입장가능시간 연중무휴 00:00~24:00
입장료 무료 주차 무료

🏁 현대가더비

K리그를 모르는 나의 지인들. 그러니까, 리그 참여 구단들의 이름도 모르는 정도의 지인들은 내 이야기를 통해서 K리그를 알아간다. 1부 12개 구단 이름을 모두 인지할 수준이 되면 나에게 꼭 하는 질문이 있다. "전북하고 울산이 둘 다 현대일 수가 있어?" 이제는 이 질문이 왜 안 나오나 싶을 정도가 되었다. "응, 전북현대는 현대 모터스고, 울산현대는 현대중공업이야", "전북현대가 연속 우승을 할 당시 울산현대는 준우승을 해서 리그 최대 라이벌이라고 볼 수 있어. 그래서 전북과 울산의 경기를 현대가 더비라고 불러"

그렇다. 현대가 더비는 전북현대의 팬으로서, 가장 응원을 많이 해야 하고, 집중해야 하는 경기이다. 그렇지만 아이러니하게도 전북현대의 N년 팬으로서, 울산 원정이 가장 적은 횟수로 방문했다. 거의 원정석 예매를 하지 못해서인데, 그만큼 K리그1 중에서 가장 화제성이 높은 경기이다. 사실, 2023 시즌에도 못 구한 거나 마찬가지다. 원정석은 홈팀 좌석수보다 현저하게 적게 되어 있기 때문에, 라이벌 매치에서는 순식간에 매진이 된다. 예매 시작 전에 알람을 맞춰놓고 반복적으로 새로고침을 눌렀지만 역시나 대기번호 3만 몇천 번째….

올 시즌에도 울산 원정은 못 가나 싶었지만, 개막전 첫 경기라 참을 수가 없었다. 원정석 방향 3층 좌석을 선택했다. 사실 원정석 방향일 뿐이지 원정석은 아니다. 그래서 내가 전북현대 팬이라는 사실을 그 누구에게도 들켜선 안 된다. 그래서 산 유니폼은 아니지만 줄을 서서 울산 유니폼을 샀다. 물론 그 어떤 선수의 마킹도 하지 않은 채 혼자서 첩보 영화를 찍듯 조용하고 조용하게 3층 좌석에서 직관하러 했지만 결과는 패. 집으로 올라갈 길이 막막했다..

2023년 8월 19일 울산에서의 현대가 더비 또한 예매 대실패다. 그러나 라이벌 매치인 만큼 집에서 혼자 조용히 볼 순 없었다. 급하게 축구 펍을 검색했고, 친구랑 가려고 테이블 하나를 예약했다. 그렇게 방문한 펍에는 우리랑 한 팀 빼고 전부 울산 팬이었다. 전북이 이기면 다 괜찮다고 생각했는데, 역시나 1 : 0 패. 우리는 한숨을 쉬었고, 그들은 가게가 떠나갈 듯 목소리가 점점 커졌다. 그렇게 우리는 빠르게 그곳을 빠져나와 다른 곳에서 경기를 분석하기 시작했고, 시즌 마지막 경기까지 올 시즌 전북은 울산을 단 한 번도 이기지 못했다.

울산현대가 2022, 2023 시즌 연달아 우승하며 별이 4개가 되었다. 9개인 전북현대에 비해 턱없이 부족한 우승 횟수지만 2002년 월드컵 레전드 홍명보 선수가 감독으로 부임되면서 무섭게 치고 올라오는 울산현대를 조심해야 한다. 아니, 전북현대는 진지하게 경각심을 갖고 구단을 위한 것이 무엇인지 생각해 봐야 한다.

167 울산 HD FC

STARTING LINE-UP

FOOD	CAFE	TRIP
Xin	바다쏭	송도센트럴파크
청해김밥	이그니토 커피로스터스	국립세계문자박물관
이둘떡볶이	컵피	인천상륙작전기념관
	턴오프 송도	

⚽Xin *#중식의신 #유방녕달인 #신차이나 #차이나타운*

맛집을 굳이 찾아다니지 않는 사람이라도 한 번쯤은 TV에서 '중식 달인'이라는 내용으로 방송되는 프로그램을 본 적이 있을 것이다. 그렇게 소개된 중식의 달인 유방녕 셰프가 운영하는 중식당이 인천 차이나타운에 있는 'Xin'이다. 중식당의 여러 메뉴 중에 짜장면과 소룡포를 주문했다. 여러 종류의 짜장면 중에 Xin의 시그니처는 웰빙 짜장면인 듯 보였으나, '웰빙'이라는 말에 본능적으로 거부감이 들어 '해물 짜장면'을 주문했다. 특이하게 해물이 짜장 소스에 들어있지 않고 면 위에 올라가 있었고, 간짜장처럼 소스를 따로 주셨다. 중식의 기본은 짜장면 아닌가? 그 기본의 맛을 철저하게 지킨 듯, 그 누구도 호불호 없이 즐길 수 있는 맛이었다. 보통 짜장면을 먹다 보면 단무지를 유독 많이 먹게 되는 식당이 있는데 단무지를 많이 찾지 않을 정도로 느끼하거나 거북함이 전혀 없는 진짜 달인의 맛집이었다.

위치 인천 중구 차이나타운로 25 문의 032-761-8889 영업시간 연중무휴 11:00~21:00 메뉴 탕수육 (소) 19,000원, 달인웰빙자장면 5,000원, 단단면 8,000원, 깐풍기 25,000원, 잡채밥 8,000원, 게살볶음밥 9,000원 등 주차 가능(점심시간에 한하여 매장 앞 주차 가능)

⚽청해김밥 #석바위맛집 #계란말이김밥 #동네분식맛집

저녁 경기에서는 사람들이 김밥을 먹으며 경기를 보는 장면을 많이 봐왔는데, 그때마다 얼마나 먹고 싶던지…. 인천에서 오후 2시 킥오프인 경기를 보려면 서둘러야 했고, 선수들의 워밍업 시간과 주차하고 경기장까지 이동하려면 더 서둘러야 했기에 점심시간이 굉장히 애매했다. 바로 오늘이다. 나도 김밥을 먹으며 경기를 직관할 수 있겠다 싶어 계란말이 김밥으로 유명한 청해 김밥에 들러 계란말이 김밥을 샀다. 도원역 환승주차장에 주차하고 미리 경기장 주변을 둘러볼까 하여 잠시 내리자마자 다시 바로 차에 타서 김밥을 먹기 시작했다. 밖에서 김밥을 먹다가는 김밥도 얼어버릴 추위였다. 그렇게 먹은 김밥은 뭔가 익숙한 맛이었다. 김밥전, 바로 그 맛이다. 김밥전은 기름져서 느끼함을 느낄 수 있다면, 계란말이 김밥은 담백하고 익숙하게 맛있는 맛이었다. 식사시간이 애매한 축구 팬들을 위한 김밥이었다.

위치 인천 미추홀구 경인로 414   문의 032-429-7212   영업시간 **연중무휴 00:00~24:00**   메뉴 계란말이김밥 4,500원, 떡볶이 6,500원, 쫄면 6,500원, 라면 4,500원, 잔치국수 4,500원, 쫄볶이 6,500원 등   주차 가능(유료 / 건물 뒷편에 있음)

⚽ 이둘떡볶이 본점 #학교앞분식집 #동네분식집 #떡꼬치

학창 시절에 학교 앞 작은 분식집이나 문구점 한구석에서 파는 떡꼬치를 한 번도 먹어보지 않은 사람은 없을 것이다. 그 떡꼬치 양념은 맵거나 달기만 하지 않은 그 중간의 맛이었다. 고등학교 졸업 이후 떡꼬치를 먹을 일이 없었는데, 간혹 추억을 테마로 한 여행지에 가서 먹어보면 그때의 그 양념 맛이 아니었다. 연수역과 송도역 사이에 있는 이둘떡볶이 본점. 시대의 물가를 반영한 가격으로 추억 속의 가격은 아니었지만, 맛은 그 당시 먹었던 그 맛이었다. 꼬치에 꽂아 더도 덜도 아닌 살짝 튀긴 떡은 겉은 바삭했고, 속은 갓 뽑은 떡처럼 쫄깃했다. 겉바속촉이 아니라 '겉바속쫄'이었다. 떡에 충분히 발라진 소스는 고추장 베이스로 매콤달콤 그 자체였다. 이 맛을 구현해 낼 수 있는 분식점이 있다니, 이 동네로 이사 오고 싶었다. 이런 추억의 맛을 아이와 함께 인천으로 원정 응원을 가는 팬들에게 꼭 추천한다.

위치 인천 연수구 용담로 11 시대아파트 상가 102호 문의 0507-1435-2949 영업시간 월~토 11:00~22:00(매월 첫번째, 세번째 일요일 정기휴무) 메뉴 떡볶이 4,500원, 떡꼬치 1,000원, 소떡소떡 3,500원, 콜팝치킨 3,000원, 참치주먹밥 4,000원 등 주차 가능(무료)

⚽ 바다쏭 #한옥과모던의공존 #대형베이커리카페

한옥 건물 속 모던한 분위기의 카페, 현대식 건물에 우드로 연출한 카페, 두 건물이 모두 하나의 카페다. 양쪽 모두 베이커리류가 진열되어 있고, 주문이 가능해서 원하는 분위기의 건물로 선택해서 들어가도 되는 게 장점인데, 우선, 사진으로 보이는 나무로 지어진 건물에 사람이 더 많다. 밖에서 이미 만석인 게 보여 나는 들어가지 못했지만, 저 건물에서만 도로 건너바다가 보인다고 한다. 아쉽게도 나는 한옥으로 지어진 건물로 들어갔다. 역시나 사람이 너무 많아 수제레몬에이드 한잔 테이크아웃으로 주문해서 바로 나왔지만, 단체석부터 2인석까지 좌석이 참 알차게도 구성되어 있었다. 요즘 카페에 가보면 의자의 높이와 동일한 높이의 테이블로 자리가 참 불편하게 되어 있는 것을 볼 수 있는데, 불편한 좌석이 하나도 없어서 같이 온 일행과 오랜 시간 이야기를 할 수 있을 듯한 공간이었다.

위치 인천 연수구 능허대로 16 문의 032-833-4223 영업시간 연중무휴 09:00~22:00 메뉴 아메리카노 6,700원, 아인슈페너 8,500원, 피치망고아이스티 7,500원, 로즈레몬차 8,500원, 바닐라라떼 8,000원, 베이커리류 등 주차 가능(무료)

⚽ 이그니토 커피로스터스 #브루잉카페 #음악맛집 #개항기분위기

분위기 좋은 카페를 싫어할 사람이 누가 있을까? 인천에서 아직 많은 카페를 가 본 것은 아니지만, 분위기와 커피의 맛까지 모두 완벽한 카페는 여기 말고는 아마 없을 것 같다. 카페 외관부터 말하고 있다. 분위기 좋은 카페라고. 내부로 들어가면 외부와는 조금 다른 분위기의 카페가 나오는데, 개항기 시절을 표현해 놓은 듯, 감성이 흘러넘친다. 브루잉커피 전문이지만, 브루잉 라인에서 원하는 원두가 없다면 일반 아메리카노 원두도 브루잉으로 내려 줄 수 있다고 한다. 나는 산미가 없는 원두를 선호하는 편이라 사장님의 추천을 받았고, 원두 이름은 기억나지 않지만, 이곳은 원두의 이름과 정보가 적힌 스티커를 주는데, 많은 브루잉커피를 전문으로 하는 카페를 가도 지금까지 저런 정보를 받은 곳은 두 곳뿐인데, 뭔가 더 전문성이 느껴지기도 하고, 사장님의 커피에 대한 진정성이 보이는 카페라고 표현할 수 있을 것 같다.

위치 인천 남동구 인주대로604번길 49-15 문의 0507-1376-2088 영업시간 연중무휴 12:00 ~22:00 메뉴 브루잉커피 7,000원, 아메리카노 5,000원, 딸기생크림케이크 8,000원, 아인슈페너 6,500원 등 주차 불가(주변 공영주차장 이용)

CUPI

EST.2020

We want you to be happy

More than just coffee, dessert and

⚽ 컵피 #수제디저트맛집 #말차맛집 #송현아근처

평일에도 자리가 없기로 유명한 카페다. 작은 카페지만 말이다. 주말 직관 이후밖에 방문할 시간이 없어 저녁 식사 시간에 들렀지만, 눈치 게임 실패다. 근처 다른 카페에 들러 또다시 눈치 게임을 시작했다. 1시간 후, 눈치 게임에 성공했다. 겨우 한자리가 있었다. 나는 말차를 선호하지 않아, 다른 시그니처 음료인 컵피슈페너를 주문했다. 어렵게 왔으니 시그니처 맛은 봐야 했다. 슈페너라인, 처음이었다. 메뉴를 받는 순간 '섞어서 먹는 건가? 그냥 먹다 보면 섞이나?'라고 생각할 겨를도 없이 시그니처 메뉴의 먹는 방법이 담긴 종이를 같이 받아 다행이었다. 아이스 아메리카노와는 다른 맛을 즐기려고 할 즈음, 밖으로 웨이팅 줄이 보였고, 그중에 한 명이 나를 자꾸 쳐다보며 빨리 일어나라는 듯, 신호를 보냈다. '아닐 수도 있지만 역시 혼자는 좀 그래…' 아이스 아메리카노도 아니었는데 급하게 마시고 다음을 기약했다.

위치 인천 연수구 송도과학로28번길 8 1층 문의 0507-1337-2435 영업시간 연중무휴 10:00~22:00(21:30 라스트오더) 메뉴 말차포카토 6,900원, 말차비엔나 6,500원, 컵피슈페너 6,000원 등 주차 가능(유료 / 주문시 주차등록 / 3시간 무료)

⚽ 턴오프 송도 #바스크치즈케이크맛집 #송현아근처

아쉽게도 이 카페를 목적으로 방문한 것은 아니지만, 우연 속의 대발견이다. 컵피가 만석이라 시간을 보낼 겸 들어간 같은 건물의 카페, 내가 좋아하는 바스크 치즈케이크로 유명한 카페였다. 이미 저녁 시간이라 바스크 치즈케이크 종류가 대부분 품절이었지만, 기본을 좋아하는 나는 하나 남은 기본 바스크 치즈케이크와 아이스 아메리카노를 주문했다. 꾸덕꾸덕한 감이 아주 적당했고, 치즈의 맛이 진해 치즈케이크가 아닌 치즈를 먹는듯한 느낌이 들 정도였다. '진짜 맛있네'라는 생각으로 검색해 봤는데 바스크 치즈케이크 전문이었다. 같은 건물에 카페가 상당히 많던데, 충분히 살아남을 수 있는 경쟁력을 가진 카페다. 내가 있는 동안 외국인, 커플, 친구 그리고 나처럼 혼자 온 손님…. 손님의 분류가 다양한 것은 그만큼 맛있고, 대중적인 맛이라는 뜻일 것이다.

위치 인천 연수구 송도과학로28번길 8 1층 전화번호 0507-1304-4317 영업시간 연중무휴 12:00~21:30(21:00 라스트오더) 메뉴 바스크치즈케이크(베이직) 6,000원, 쑥플루트 6,300원, 넛츠라떼 6,000원 등 주차 가능(유료 / 주문시 주차등록 / 3시간 무료)

179 인천유나이티드

⚽ 송도 센트럴파크 #송도대표공원 #랜드마크 #야경맛집

송도 센트럴파크는 바닷물을 끌어와 만든 해수공원이라고 한다. 인천에서 신경 써서 만든 만큼 송도의 랜드마크가 되었다. 가운데 흐르는 인공호수 안에서 문보트, 카누 등 다양한 수상 활동을 즐길 수 있고, 호수를 가운데 두고 펼쳐진 산책로와 잔디들은 남녀노소 피크닉을 즐기기 좋게 구성이 되어 있다. 특히 센트럴파크는 입장료가 무료인 데다가 입장 시간에 제한이 없어 편하게 방문하여 즐길 수 있는 공간인데, 규모도 커서 한 바퀴를 온전히 돌아보려면 꽤 오랜 시간이 걸린다. 그래서 나는 방문할 때마다 다른 구역을 즐기는 편이다. 사람들은 계절에 따라 달라지는 풍경을 즐기기도 하고, 주말이 되면 자전거나 킥보드를 타는 어린이들을 중심으로 가족 단위의 사람들이 참 많다. 도심 속의 작은 힐링을 원한다면 송도 센트럴파크다. 날씨 좋은 봄, 가을 축구 경기 전에 작은 피크닉을 즐겨보자.

위치 인천 연수구 컨벤시아대로 160 입장가능시간 연중무휴 00:00~24:00 입장료 무료 주차 가능(유료)

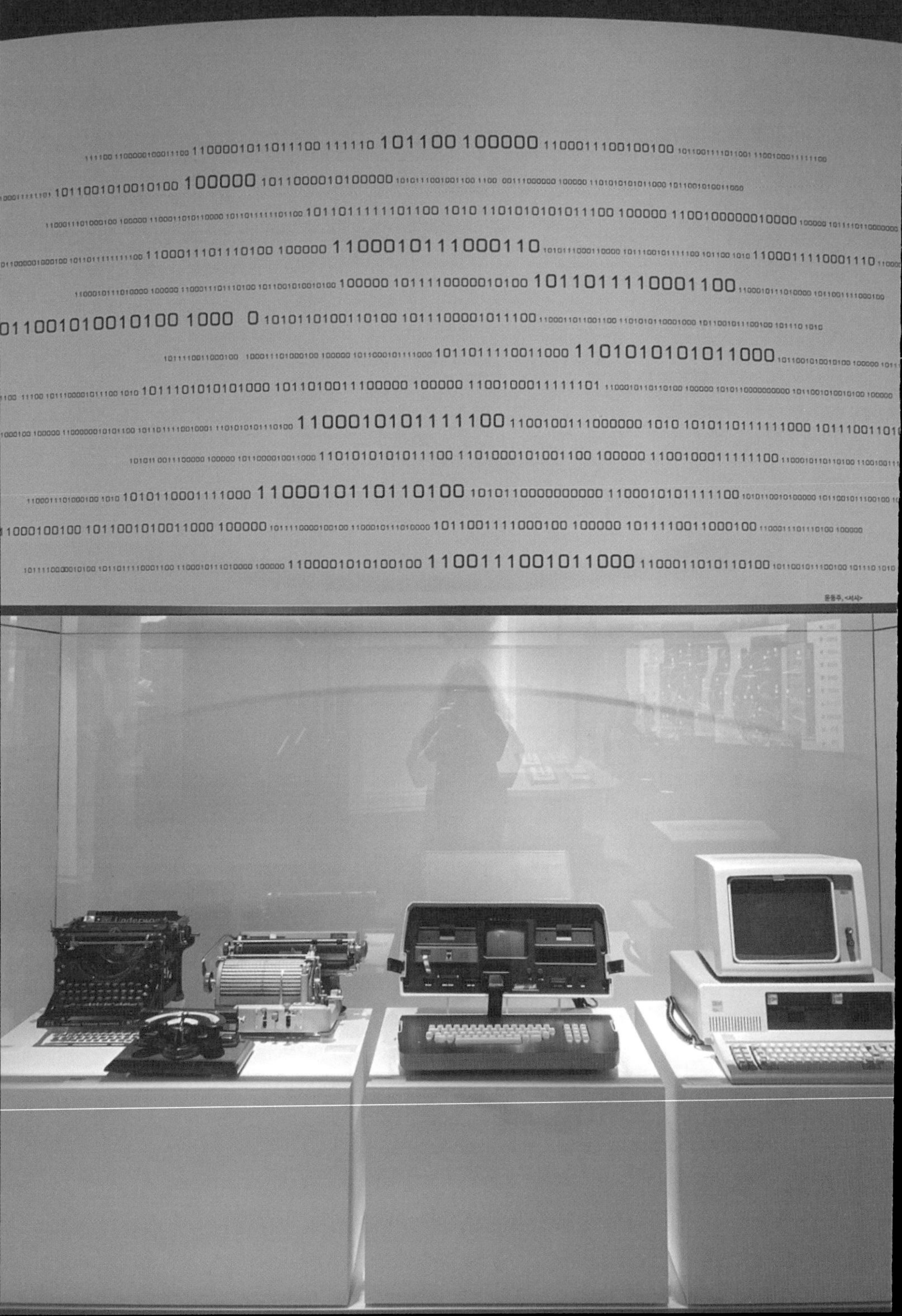
윤동주, <서시>

나랏말ᄊᆞ미 中듕國귁에달아

文문字ᄍᆞ와로서르ᄉᆞᄆᆞᆺ디아니ᄒᆞᆯᄊᆡ

이런젼ᄎᆞ로어린百ᄇᆡᆨ姓ᄉᆡᆼ이니르고져홇배이셔도

ᄆᆞᄎᆞᆷ내제ᄠᅳᆮ을시러펴디몯홇노미하니라

내이ᄅᆞᆯ為윙ᄒᆞ야어엿비너겨

새로스믈여듧字ᄍᆞᆼᄅᆞᆯ맹ᄀᆞ노니

사ᄅᆞᆷ마다ᄒᆡ여수ᄫᅵ니겨날로ᄡᅮ메

便뼌安ᅙᆫ킈ᄒᆞ고져홇ᄯᆞᄅᆞ미니라

🌐 국립세계문자박물관 #아이와함께 #문자의중요성 #가족단위

전북과의 경기가 아니라서 느긋하게 움직여도 되던 어느 날, 송도에 있는 국립 세계문자박물관에 들렀다. 그 옛날 쐐기문자에서부터 오늘날의 문자까지의 발전 과정을 이해하기 쉽게 설명해놨다. 한글부터 영어 등 다양한 국가의 문자가 탄생한 시기 등, 문자에 대해 자세히 알 수 있는 구성이었는데, 특히 관심이 갔던 두 가지 구성이 있다. 첫 번째, 이모티콘 코너는 카톡을 보내면서 감정이나, 짧은 대답 정도는 이모티콘으로 간단히 표현하는 요즘 시대에 맞춰 이모티콘도 하나의 문자로 해석해 둔 공간이었고, 두 번째는 점자 코너와 수어 코너다. 시각장애인과 농인들이 사용하는 문자이기에 당연히 있어야 할 코너였지만, 미처 생각하지 못한 코너였다. 수어와 점자로 윤동주 시인의 글을 체험해 볼 수 있는 코너가 있었는데 역시나 아이들과 함께 온 관람객들이 교육적인 측면으로 많이들 모여 있었다. 아이와 함께 직관 전후로 방문하여 아이와 함께 여러 문자에 대해 알아보자.

위치 인천 연수구 센트럴로 217 문의 032-290-2000 입장시간 화~일 10:00~18:00(매주 월요일 정기휴무 / 17:30 입장마감) 입장료 무료 주차 가능(유료)

⚽ 인천상륙작전기념관 #아이와함께 #역사 #교육

6.25 전쟁이 한창이던 1950년 9월 15일 유엔군 사령관 더글러스 맥아더의 주도로 한반도에서 진행된 상륙 작전인 인천상륙작전을 기억하기 위한 공간이며, 포항에서 소개될 '장사상륙작전 전승기념관'이랑 하나의 세트로 볼 수 있는 공간이다. 우리나라의 아픈 과거이지만, 잊어서는 안 되는 우리나라의 과거이기 때문에, 초등학생 정도의 연령대부터 한 번쯤은 꼭 방문했으면 하는 공간이다. 생각보다 작은 공간이지만, 인천상륙작전에 참여한 군인들에 대한 설명과 어떠한 방법과 경로로 인천상륙작전이 진행되었는지, 어떻게 작전이 성공하게 되었는지 글뿐만 아니라 다양한 시각적인 자료로 잘 구성이 되어 있다. 밀랍 인형을 조금 무서워하는 내가 갔을 때는 나밖에 없어서 조금 무서운 느낌이 들었지만, 내가 한 바퀴 굴러보고 나올 때는 아이와 함께 방문한 관람객들이 몰려들었다.

위치 인천 연수구 청량로 138 문의 032-832-0915 입장시간 화~일 09:00~18:00(매주 월요일 정기휴무) 입장료 무료 주차 가능(무료)

185 인천유나이티드

🏁 K리그1 참가 구단 중, 화장실이 제일 깨끗한 구단

인천 유나이티드는 K리그1에서 만년 하위권의 기록을 세워 '잔류왕'이라는 타이틀이 붙었을 정도로 정규리그에서는 약팀이라고 볼 수 있지만 강등 전에서는 어떻게든 살아남아 왔다. 그 정도로 인천 유나이티드 하면 K리그1 잔류에 대한 이야기를 빼놓을 수 없지만, 2022시즌부터는 상위 스플릿에 오르며 여러 강팀을 위협하고 있는 구단으로 변신하고 있다. 그러므로 더 이상은 잔류왕이 아닐 터, 그에 대한 이야기보다 실제 내가 느꼈던 이야기를 하고자 한다.

내가 N년간 K리그1부터 K4리그까지 다양한 구단의 홈구장을 다니며 직관하고 있다는 사실은 모두 인지했을 것이다. 물론 K4리그의 시작은 얼마 되지 않았지만 말이다. 아무튼 내가 그렇게 구장을 다니면서 구단 이벤트는 참여하지 않아도 경기 전후 꼭 들리는 코스는 바로 화장실이다. 나는 서울에 거주하고 있기 때문에 우리 팀의 홈구장인 전주성을 가더라도 원정 응원인 셈이기 때문에 장시간 운전 뒤에는 꼭 들리게 되는 것이 화장실이다.

누구나 그렇겠지만 화장실이 더러우면 정말 힘들다. 그래도 K리그1 구단 중에서는 특별히 심각할 정도로 더러운 화장실은 못 본 것 같지만, 그런 화장실 중에서, 인천 유나이티드 화장실은 정말 깨끗했다. 2023 시즌에만 인천축구전용구장을 두 번 방문했는데, 그 두 번 모두 '참 깨끗하다'라는 생각이 들었다. 특히, 전북과의 경기가 있던 11월 12일 일요일 경기는 정말 추웠는데, 심지어 화장실이 따뜻하기까지 했다. 화장실이라는 생각만 없으면 바닥에 앉아서 추위를 해결하고 싶었을 정도였다.

어떻게 보면 정말 중요한 부분이지만, 다른 면에서는 정말 사소한 부분인데, 화장실까지 세심하게 신경 쓰는 구단이라면 조만간 잔류 왕, 생존 왕이 아니라 제대로 된 강팀이 될 수 있지 않을까 싶다.

전북 현대 모터스

STARTING LINE-UP

FOOD	CAFE	TRIP
걸프델리마켓	카페 수목원	전주동물원
이것이김밥이다	삼천빌리지 카페삼천	전북도립미술관
동원순대집	파라이소	세병공원
모정산골냉면	앤드원	팔복예술공장
대성식품		
국시호로록		
전동떡갈비		

⚽ 걸프델리마켓 #주택개조 #수제버거맛집 #안녕하새우

수제버거를 먹을 때면 새우버거를 선택하는 편이다. 고기로 된 패티보다 느끼함이 덜하기 때문인데, 전주에서 유명한 새우버거 맛집이라니. 평일에도 웨이팅이 많다는 말에 평일 오픈런을 했다. 안내된 것처럼 고사주차장에 주차하니 정면으로 주택이 개조된 햄버거집이 눈에 들어왔다. 키오스크로 주문하고 카톡으로 알림이 오면 내가 픽업해오는 시스템이다. 귀찮지만 맛있으면 인정. 그렇게 2층 창가에 자리를 잡았다. 음식을 받고 반을 갈라 내용물을 보니 재료를 전혀 아끼지 않았다. 와사비마요 소스로 버무려진 야채와 튼실한 다진 새우 패티와 절임 양파까지. 재료를 아끼지 않은 만큼 내가 생각한 바로 그 새우버거 맛이었다. 왜 이제야 이곳을 알았을까 후회가 될 만큼 마음에 들었다. 햄버거 한입 베어 물고 빨대로 마시는 콜라 한 모금은 세상을 다 가진 기분이었다. 전북 홈 팬들에게 적극 추천하는 곳이다.

위치 전북 전주시 완산구 전주객사4길 96 문의 0507-1362-6051 영업시간 연중무휴 11:00 ~21:00(휴무 발생시 별도 공지) 메뉴 안녕하새우 12,800원, 새우리가토니 16,000원, 라구파스타 17,000원 등 주차 가능(고사주차장 주차시 주차권 지급)

⚽ 이것이 김밥이다 #동네분식집 #누드치즈김밥 #청양마요소스

평일 저녁, 아마도 K리그 경기는 아니었고 아챔이나 FA컵이었던 것 같다. 평일 경기는 반차나 시간차를 사용하고 내려가야 했기에, 휴게소나 다른 식당을 들러 밥을 먹고 갈 시간이 없다. 이럴 때 간단하게 먹을 수 있는 메뉴가 김밥이겠다. 그래서 사람들이 김밥을 사 오는구나. 전주성 근처 김밥 맛집을 검색했는데, 청양고추가 들어간 마요 소스에 찍어 먹는 김밥이라니! 급하게 포장해서 간신히 워밍업 전에 전주성에 입장을 했고, 경기 시작 전에 나는 김밥을 먹기 시작했다. 김밥은 평범하게 치즈가 들어간 누드김밥이었지만, 마요 소스에 찍어 먹으니 일반 김밥에서 느낄 수 없는 크리미한 맛에 김밥이 아닌 다른 요리를 먹는 느낌이 들었고, 소스에 들어있는 다진 청양고추 덕분에 살짝 매콤한 맛이 입안을 감싸고 내려가면서 마요의 느끼함도 잡아주었다. 별미다. 앞으로 평일 경기엔 빠질 수 없는 메뉴다.

🔍 ....

위치 전북 전주시 덕진구 쪽구름로 94 문의 0507-1310-2779 영업시간 월~토 08:30~19:00 (매주 일요일 정기휴무 / 14:30~15:30 브레이크타임) 메뉴 누드치즈김밥 4,500원, 쫄면 6,500원, 떡갈비대파김밥 5,500원 등 주차 불가(주변 공영주차장 이용)

⚽ 동원순대집 #전주3대순대집 #피순대 #해장맛집

나는 전북현대의 팬이지만, 거리로 따지면 매번 원정 응원을 가는 셈이다. 성수기에 진행되는 주말 직관하러 갈 때면, 작은 숙소를 하나 잡는 것이 정신건강에 도움이 된다. 밀리는 고속도로에 한참을 서 있자면, 절로 '내가 왜 전북현대 팬이 되어서 이 고생을 할까'라는 생각이들기 때문인데, 그렇다고 다른 팀을 생각해 본 적은 없다. 그렇게 1박 후, 아침을 먹고 집으로바로 출발해야 하는 일정에는 순대국밥만큼 탁월한 메뉴가 없다. 순대국밥이 주메뉴인 동원순대집은 전주 3대 순댓집 중의 하나로, 오픈런을 해도 항상 사람이 많은 맛집이다. 일반 찹쌀 순대가 아니라서 당면이 아닌 야채로 가득 찬 피순대임에도 불구하고, 잡내가 전혀 나지않는다. 나는 태아일 때부터 피순대를 즐겨 먹어서 순대를 좋아하지만 냄새에 민감해서 잡내가 나는 순간 숟가락을 내려놓는데, 반 이상을 먹었을 정도로 잡내가 없었고, 양도 많았다.

위치 전북 전주시 완산구 쑥고개로 391 문의 063-228-0028 영업시간 연중무휴 07:00
~22:00 메뉴 순대국밥 10,000원, 내장국밥 10,000원, 머리국밥 10,000원, 콩나물국밥 8,000원, 모듬전골(대) 40,000원, 피순대한접시 18,000원 등 주차 가능(무료)

195 전북현대모터스

⚽모정산골냉면 전주점 #냉면은후식이아닌식사 #땅콩주의

'냉면은 후식이 아니라 한 끼 식사이다'라는 슬로건으로 운영되는 냉면 전문점이다. 이는 고깃집의 '후식 냉면'에 겨루는 사장님의 자부심일 것이다. 더운 여름, 직관하러 핑계 삼아 전주를 여행하고 있던 나는 곧장 탈수기 속으로 들어가지 않으면 땀과 열에 녹아 없어질 것 같은 느낌이었다. 그렇게 '모정산골냉면'을 찾았다. 물냉면 하나와 만두 한 판을 주문하고 물도 마시지 않고 기다렸다. 냉면을 대하는 나의 진심이랄까. 곧이어 나온 물냉면을 가위로 두 번 정도 자르고 육수와 면과 양념을 잘 비벼서 한 젓가락 먹자마자 지금껏 먹었던 냉면은 기억에서 사라질 정도의 맛을 느꼈다. 냉면은 역시 후식이 아니라 한 끼 식사임이 분명했다. 혼자 방문해서 만두를 남기고 왔는데, 경기를 보면서 배고파지자 남기고 온 만두가 눈에서 아른거렸다. 땅콩 알레르기가 있는 사람은 주문할 때 빼달라고 하면 되니 걱정하지 않아도 된다.

위치 전북 전주시 덕진구 동부대로 1098 문의 0507-1402-9546 영업시간 월~일 10:30 ~20:30(10월~3월 둘째, 넷째 월요일 휴무) 메뉴 물냉면 9,000원, 비빔냉면 9,000원, 만두 6,000원, 다슬기수제비 10,000원 등 주차 가능(무료)

⚽ 대성식품 #노포맛집 #라멘아니고대기업라면

한옥마을 주변으로 숙소를 잡고 체크인을 하자마자 배가 고파 무작정 길을 걸었다. 거의 모든 시간이 브레이크 타임일 시간인 4시. '대성식품' 간판이 내 눈에 띄었다. SNS에서 유명한 노포 라면 가게였다. 바로 N포털에 검색했는데, 브레이크 타임이 기재되어 있지 않았다. 쭈뼛거리며 들어가 "사장님, 지금 영업하시나요?"라고 여쭤보니, 쉬는 시간 같았지만 어중간한 시간까지 밥도 못 먹고 돌아다니는 내가 불쌍해 보였는지 눈과 고갯짓으로 들어오라고 대답해 주셨다. 그런 나는 그냥 라면이 아닌, 콩나물 라면으로 주문했고, 콩나물, 계란, 파를 아끼지 않고 끓인 라면을 받았다. 나는 술을 끊은 상태인데, 몇 년 전에 마신 술이 해장이 되는 느낌이었다. 경기를 보며 먹는 컵라면은 라면이 맛있는 것이 아니라, 분위기가 맛있는 것이라고 생각하는데, 대성식품의 라면은 사장님인 할머니의 마음이 들어가 라면이 맛있는 게 아닐까?

위치 전북 전주시 완산구 팔달로 157-5 문의 063-284-1486 영업시간 월~금 08:00~19:00 토 08:00~15:00(매주 일요일 정기휴무) 메뉴 라면 2,500원, 수제비라면 3,000원, 떡국 3,000원, 계란말이 3,500원, 콩나물라면 3,000원 등 주차 불가(주변 공영주차장 이용)

⚽ 국시호로록 #어묵국수 #보리밥무한리필가능

경기 당일 미리 우비를 챙겨서 내려갔을 정도로 비가 많이 왔다. 이런 날은 파전을 먹어야 하지만, 혼자였기에 아쉬운 대로 국수를 생각했고, 가게 이름의 '호로록'에 끌려 들어갔다. 국수 전문점답게 국수 종류가 굉장히 다양했는데, 그중에서 내 시선을 집중시키는 어묵국시. 엄마가 반찬 하려고 사다 놓은 손바닥만한 사각 어묵을 그냥 그대로 꺼내 먹을 정도로 어묵을 좋아하지만 국수에 어묵을 넣는다는 것이 조금 생소했다. 그래도 주문했다. "사장님 양은 조금만 주세요." 여기는 국수를 주문하면 보리밥을 무한리필로 먹을 수 있다. 사장님은 국수가 되는 동안 보리밥을 먹을 것을 여러 번 말씀하셨는데, 보리밥을 먹으면 국수를 못 먹는걸. 드디어 받은 국수에는 썰어 넣은 어묵과 꼬치어묵이 들어있었다. 잔치국수보다 고소한 맛이 강했고, 어묵과 국수가 잘 어울렸다. 추운 날씨 국수 한 그릇이면 팬심 충전 완료다.

위치 전북 전주시 덕진구 추탄로 58 1층 문의 0507-1323-0997 영업시간 연중무휴 11:00~19:00(18:50 라스트오더) 메뉴 멸치국시 7,000원, 어묵국시 8,000원, 김치죽국시 9,000원, 시래기죽국시 9,000원 등 주차 가능(건물 뒷편 / 만차시 주변 골목 주차 가능)

⚽ 전동떡갈비 #한옥마을 #수제떡갈비비빔밥세트

자차로 움직이는 나는 전주성을 오가는 N년 동안, 전주 톨게이트에서 나오면 바로 보이는 전주성에서 직관한 후 바로 톨게이트를 통해 전주를 빠져나가곤 했다. 문득 한옥마을과 비빔밥이 궁금해져서 방문한, 전주에서 제일 처음으로 방문했던 식당이다. 누가 요즘 전주에서 비빔밥을 먹느냐는 글을 본 적이 있는데, 바로 나다. 어쨌든 한옥마을은 관광지이기 때문에, 혼밥 손님을 그다지 좋아하진 않는데, 여기는 달랐다. 물론, 메뉴 자체는 거의 세트로 구성되어 있지만, 원하면 주문 방법을 자세하게 설명해 주신다. 나는 주로 소불고기 비빔밥과 떡갈비를 먹는다. 이곳의 비빔밥은 밥과 양념장, 내용물의 조화가 완벽하다. 가끔 입안에서 따로 노는 경우의 식당이 있는데 전동떡갈비는 전혀 그렇지 않다. 가능하다면, 편의점 도시락으로 만들고 싶은 곳이다. 그렇다면 경기 중에 먹을 수 있을 텐데.

위치 전북 전주시 완산구 전동성당길 66 문의 063-232-5500 영업시간 연중무휴 10:30~20:30(15:30~17:00 브레이크타임 / 19:50 라스트오더) 메뉴 버섯비빔밥 12,000원, 소불고기비빔밥 12,000원, 떡갈비정식 19,000원 등 주차 가능(무료)

⚽ 카페 수목원 #좌석간격넓음 #쌀이글맛집 #전주성도보이동가능

아마도 전주성에서 제일 가까운 대형 카페일 것이다. 2023년 초에 오픈한 카페로, 전주성에서 마음먹으면 충분히 걸어갈 수도 있는 거리에 있다는 점이 축구 팬 입장에서는 최대의 장점이 아닐까 싶지만, 내가 생각하는 카페 수목원의 장점은 베이커리류의 맛과 좌석 간의 거리다. 경기를 빨리 보고 싶은 마음에 너무 일찍 도착해서 가까운 곳에서 시간을 보낼 겸 들어간 곳이다. 들어가자마자 눈에 들어온 어니언 페퍼로니와 아이스 아메리카노를 주문하고 자리에 앉아 주위를 둘러보니 요즘 오픈한 카페답지 않게 좌석 간 거리가 참 넓어서 마음에 들었다. 간혹 다른 테이블의 대화 소리가 다 들려서 불편한 카페도 있는데 말이다. 경기 끝나고 와서 일행끼리 축구 이야기를 해도 전혀 문제가 될 것이 없을 정도였다. 아! '쌀이글'이 시그니처라고 하니 참고하자! 그래도 나는 어니언 페퍼로니가 좋지만.

위치 전북 전주시 덕진구 번영로 472 문의 0507-1415-9702 영업시간 연중무휴 09:00~20:00(19:00 라스트오더) 메뉴 수목원크림라떼 7,500원, 오트사이드라떼 7,500원, 베리베리에이드 8,000원, 베이커리류 등 주차 가능(무료)

⚽ 삼천빌리지 카페 삼천 #복합문화공간 #사진맛집 #데이트코스

'삼천 빌리지'라는 복합문화공간 안에 있는 카페 삼천. 삼천 빌리지도 2023년 초에 오픈했다. 그렇지만 이미 많은 사람이 알고 있을 정도로 뷰, 베이커리 종류, 공간 3박자가 완벽하게 갖춰진 카페라 소개를 안 할 수가 없다. 주말에는 오픈런을 하지 않으면 자리가 없다는 말이 있어서 오픈런을 했다. 오전 11시 오픈이었는데, 10시 40분에 주차하고 10시 50분에 입장을 했지만 11시 정각부터 주문이 가능하다고 해서 기다리면서 둘러본 카페의 모든 공간은 1층부터 루프탑까지 개별 컨셉이 있는 듯 테이블과 의자, 좌석 구성의 형태가 전부 달랐다. 자신이 원하는 컨셉의 좌석에 골라서 앉을 수 있다. 주문한 메뉴가 나오고 잠시 나만의 시간을 보내고 있으니 30분이 채 안 되어 카페 곳곳이 사람들로 채워지기 시작했고, 카메라 셔터 소리로 가득 찼다. 통창으로 들어오는 햇살이 가득한 곳에서의 SNS용 사진을 찍을 시간이다.

위치 전북 전주시 완산구 용외길 4-27 1동 문의 0507-1486-3013 영업시간 연중무휴 11:00 ~22:00(21:00 라스트오더) 메뉴 솔트크림라떼 8,000원, 피치리치아이스티 7,500원, 삼천밀크티 7,000원, 아이스크림 6,000원, 베이커리류 등 주차 가능(무료)

⚽ **파라이소** #분좋카 #바이닐카페 #음악맛집

객사에 있는 바이닐 카페, 모든 음악은 LP로 재생된다. 요즘은 LP는 전시만 해두고 실제 매
장에 흘러나오는 음악은 유튜브로 재생하는 경우가 간혹 있는데, 파라이소는 진짜 바이닐 카
페였다. 매일 사장님이 정한 그날의 무드가 담긴 LP 커버를 장식해두고, 그 LP를 재생한다고
한다. 카페 인테리어나 분위기에 맞지 않는 음악이 재생되고 있는 카페가 다수인 요즘, 파라
이소는 손님이 최대한 음악에 집중할 수 있도록 인테리어를 한 듯, 그 어떤 오브제도 허투루
놓지 않았다. 그런 사장님의 마인드를 이해하듯 내가 있는 동안의 다른 손님들도 음악과 커
피에 집중했다. 자차로 원정 응원을 다니는 축구 팬이라면 차 안에서의 음악을 빼놓을 수 없
을 것이다. 전주로 원정을 온 김에 파라이소에 들러 사장님의 추천 앨범을 내 플레이리스트
에 담아보는 것은 어떨까? 음악을 들을 때마다 전주에서의 추억이 떠오를 것이다.

위치 전북 전주시 완산구 전주객사2길 30 2층 문의 0507-1494-1176 영업시간 월, 수~일
12:00~22:00(매주 화요일 정기휴무 / 21:30 라스트오더) 메뉴 아메리카노 4,000원, 프리스
라떼 6,000원, 바닐라라떼 5,000원 등 주차 불가(주변 공영주차장 이용)

⚽ 앤드원 #베이커리카페 #만성동핫플레이스

전주성에 가는 날이면 대부분 일찍 도착하는 편이다. 보통 경기장 입장 시간은 킥오프 2시간 전, 이것저것 구경하고 카메라에 담기 위해서 입장시간에 맞춰 들어가는 편이긴 하지만 그보다도 훨씬 빠르게 도착한 어느 날이었다. 경기장에서 아무것도 먹지 않을 생각으로 들린 베이커리 카페 앤드원. 전주성에서 가까운 만성동에 있어 여기서 시간을 보내 갈 생각이었다. 저 빵의 이름은 기억나지 않는다. 롱 소시지 뭐였던 거 같은데, 주문 후 노트북 작업을 하며 천천히 먹으려고 생각했다. 그런데 '아니 무슨 맛이 이래? 너무 맛있잖아?' 평소 절대 먹지 않던 칠리소스까지 찍어서 순식간에 먹어버렸다. 밥 먹으러 온 사람처럼. 노트북 작업은 무슨, 빵과 커피로 배를 채우고 나니 그제야 카페 인테리어가 눈에 들어왔다. 우드와 화이트 톤으로 꾸며진 요즘 감성의 카페였다. 타 지역에서 오는 홈 팬들에게 꼭 추천하고 싶다.

위치 전북 전주시 덕진구 만성북4길 23 전화번호 010-3028-9296 영업시간 화~토 10:00~19:00(매주 일요일, 월요일 정기휴무) 메뉴 아메리카노 4,000원, 토마토바질에이드 5,000원, 앤드원라떼 5,000원, 아이스크림라떼 6,000원, 베이커리류 등 주차 가능(무료)

⚽전주동물원 #아이와함께 #지방동물원의시작 #쏘풍

나는 동물을 별로 좋아하지 않지만, 아이러니하게도 동물원은 참 좋아한다. 그러면서도 한편
으로는 동물원에 있는 동물들을 생각하면 '동물원이 있는 게 맞는 건가?'라고 생각하기도 한
다. 답은 언제나 모르겠다. 나의 동물원 선택 기준은 사자의 유무다. 동물원의 동물 중에서 사
자를 제일 좋아한다. 그래서 집에서도 사자 여러 마리를 키우고 있다. 내 방 곳곳에 있는 사자
마다 이름도 있을 정도로 사자를 좋아하게 된 이유는 '사자'라는 동물을 표현한 무언가와의
추억으로부터 시작되었는데, 전북을 응원하게 되면서 이동국 선수의 별명인 '라이언킹'과도
연관 지어 더 좋아하게 되었다. 전주동물원은 지방 동물원 중에 가장 오래된 역사가 있는 동
물원이다. 유명 판다 가족이 있는 동물원이랑 비교하면 당연히 작지만 아이와 함께 소풍을 가
기에는 문제가 없다.

위치 전북 전주시 덕진구 소리로 68 문의 063-281-6759 영업시간 연중무휴 3월~10월
09:00~19:00 11월~2월 09:00~18:00(종료 1시간 전 매표 및 입장 마감) 입장료 성인 3,000
원, 청소년 및 군인 2,000원, 어린이 1,000원 주차 가능(무료)

⚽ 전북도립미술관 #실내데이트 #문화생활 #드라이브

주소지 상으로는 전주가 아닌 완주지만, 전북의 팬이라면 위치는 몰라도 이름은 아는 모악산 자락에 있다. 우리의 '최투지' 최철순 선수가 1월 1일에 꼭 올라간다는 그 모악산이 맞다. 내가 갔을 때는 전북지역 신인작가들의 전시와 아이들이 체험하면서 즐길 수 있는 전시 두 가지를 진행하고 있었다. 나같이 그림을 하나도 모르는 사람은 역시 체험전이 제격이다. 어린이들만 즐기라는 법이 있나? 내 키의 반만 한 어린이들 사이에서 나 홀로 우뚝 솟아 바닥에 그림도 그려보고 색도 칠해보고… 뭔가 할 때는 집중해서 몰랐지만 체험을 마치고 나오니 참 웃음이 나오는 광경이었겠다. 주말이라 역시 가족 단위로 온 사람들이 많았는데, 아이들과 함께 전시를 관람하고도 야외 어린이 놀이터에서 아이들과 함께 시간을 보내는 가족이 많았다. 전주성에서의 주말 직관을 위해 타 지역에서 온 가족 단위 또는 그룹 단위 축구 팬들에게 추천한다.

위치 전북 완주군 구이면 모악산길 111-6   문의 63-290-6888   영업시간 화~일 10:00~ 18:00(매주 월요일 정기휴무) 입장료 무료 주차 가능(무료)

⚽ 세병공원 #피크닉 #자연생태공원 #전주의한강공원

전주의 한강공원이라고 불리는 곳이다. 사실 세병공원을 알게 된 것은 전북현대의 선수들과 가족들이 올리는 SNS를 통해서 알게 되었다. 나처럼 선수들의 SNS를 팔로우한 팬이라면 넓은 잔디 위에서 아이들과 함께 자전거도 타고, 돗자리나 간단한 캠핑용품 꺼내놓고 휴일의 여유를 즐기는 모습의 선수들의 사진이나 숏품 영상을 본 기억이 있을 것이다. '잔디 위에서 구르고 뛰는 게 일상인 선수들인데 휴일에도 잔디 위라니…'라는 생각이 들어서 한 번 방문했는데, 아이들이 참 좋아할 만한 공간이었다. 나조차도 전주에 거주한다면 자주 나올 법한 장소였다. 운이 좋다면 선수들을 만날 수도 있겠지만, 평범하지 않은 일정으로 가족들과의 시간이 우리보다 적을 선수들의 소중한 시간을 방해하지는 말도록 하자. 만약 선수들의 아이들을 만나도 말을 걸거나 만지는 행동은 절대 안 된다. 팬의 입장에서는 친숙할지라도 아이들은 모르는 사람이 말을 걸면 무서움을 느낄 수 있다.

위치 전북 전주시 덕진구 송천동 2가 입장가능시간 연중무휴 00:00~24:00 입장료 무료 주차 가능(무료)

⚽ **팔복예술공장** #복합문화공간 #가족과함께 #문화데이트

옛날 카세트테이프 공장을 개조해서 만든 복합문화공간이다. 언젠가부터 지역마다 폐공장을 개조해서 만든 카페나 복합문화공간을 만드는 것이 유행이던 때가 있었다. 그 시기에 생긴 곳인지는 모르겠지만 전주에서 꽤 유명한 공간이다. 각종 기획 전시와 공연이 진행되기도 하고, 실제로 공간을 나누어 입주작가의 작업 공간도 있을 정도니 전주시에서도 투자한 공간이겠다. 내가 갔을 때는 '어린이 도서전'이 진행되고 있었는데, '어른이'인 내가 둘러봐도 동심으로 돌아가 즐길 수 있는 내용들이 꽤 있었다. 그래서 어린아이들과 가족 단위의 관람객들이 참 많아서 자세히 사진을 찍을 수가 없을 정도였다. 팔복예술공장은 각종 전시가 진행되는 내부 공간들과 흙 놀이터와 멈추지 않는 비가 내리는 외부 공간도 있으니 시간이 된다면 방문해 보자.

위치 전북 전주시 덕진구 구렛들1길 46 전화번호 063-211-0288 영업시간 화~일 10:00~17:30(매주 월요일, 명절 당일 휴무) 입장료 무료(프로그램에 따라 요금 발생할 수 있음) 주차 가능(무료)

🏁 닥치고 공격!

 지금은 나무위키에도 의미가 해석되어 있을 정도로 전북현대의 상징이 된 표현이다. 나무위키에서 '닥치고 공격'의 의미를 찾아보면 '전북현대 모터스 특유의 공격 일변도의 전술을 표현하는 단어. 대한민국에서 공격 축구의 표본이며 타 종목뿐만 아니라 일상생활에서도 공격과 관련해서 자주 사용하는 표현으로 굳어졌다'라고 되어 있다. 우리는 이것을 줄여서 '닥공'이라고 하는데, 닥공은 '전북이 추구하는 공격 축구, 최고의 수비는 공격이라는 말처럼 전북의 상징, 그리고 앞으로 전북이 나아가야 할 모토가 되는 캐치프레이즈가 되었다'라고 표현되어 있다. 한동안은 그랬다.

 그런데 지금은 어떤가? 사실, 전북현대가 구단 창설부터 성적이 좋은 구단은 아니었다고는 하나, 지금까지 열심히 만들어온 내공이라는 것이 있는데, 이럴 수 있나 싶을 정도로 2023 시즌은 처참한 결과를 만들어 냈다. K리그1 4위, 아시아챔피언스리그 2 출전권 획득, FA컵 준우승…. 처참 그 자체다. 무관이라니…. 물론 감독에 따라 전술이 달라지고, 이에 따라 몇몇 선수들의 이적이 불가피했다는 점은 나도 잘 안다. 그래서 더 아쉽다.

 늦지 않았다. 지금부터 잘 준비해서 다시 하나씩 되찾아오면 된다. 우선 K리그1 우승부터 만들어내자. 2023 시즌 강등권 순위로 떨어졌던 때의 설움을 생각하며 다시는 2023 시즌과 같은 결과를 만들어내지 않도록 선수단과 감코진, 사무국 모두가 전북현대 모터스의 명성과 자부심을 그리고 전북현대의 색을 지키기 위한 노력이 필요하다.

 '회사는 이직해도 팀은 안 바꾼다'라는 문구를 어딘가에서 본 기억이 있다. 당연히 전북현대가 잘해서, 우승해서 응원했던 것은 아니지만, 이러한 팬들의 마음을 새겨서 응원하는 맛을 돌려주길 바란다. 최. 강. 전. 북.

🏁🏁 '축구 더하기 여행'의 시작

나의 첫 직관 경험이 전북현대가 아니었다면 지금 나는 어느 구단을 응원하고 있을까? 물론 프롤로그에서 이야기한 것처럼 직관 전에도 나는 K리그에 대한 관심은 있었지만 말이다. 지금은 전북현대를 떠나서 '초록색'에 대한 강한 집착을 보이는 수준이 되었다. 이쯤 되니 문득 그런 생각이 든다. 만약 그때, 다른 팀 경기를 직관했어도 지금의 수준으로 축덕이 되었을까 하는 생각 말이다. 아닐 것이다.

나는 사실 여행 말고는 꾸준히 무언가를 오랫동안 열심히 한 경험이 없다. 그런데 전북현대의 팬이 되어 N년간 전주와 각 구단의 홈구장으로 원정 응원을 다니는 것을 보니 내가 정말 전북현대를 진심으로 응원한다는 생각이 들었다. 몇 년간 축구와 여행을 다른 개념으로 생각하다 문득 생각이 들었다. '축구 보러 다른 지역에 가서 밥 먹고 구경하는 게 여행이잖아. 어차피 여행도 축구도 못 놓을 거라면…' 그렇게 '축구 더하기 여행'은 시작되었다. 전북현대의 홈구장인 전주 월드컵 경기장(별명: 전주성)이 전주 톨게이트와 정말 가깝다는 핑계로 몇 년간 전주성을 다니면서 이외의 장소를 가본적 없는 내가 정말 한심하게 느껴졌다.

그렇게 축구를 핑계 삼아 여행을 다녔고, 어느 날 갑자기 유튜브를 시작하게 되었고, 지금은 이렇게 책을 쓰게 되었다. 다음은 또 어떤 작업을 하게 될지 나도 너무 궁금하다.

215 전북현대모터스

제주 UTD

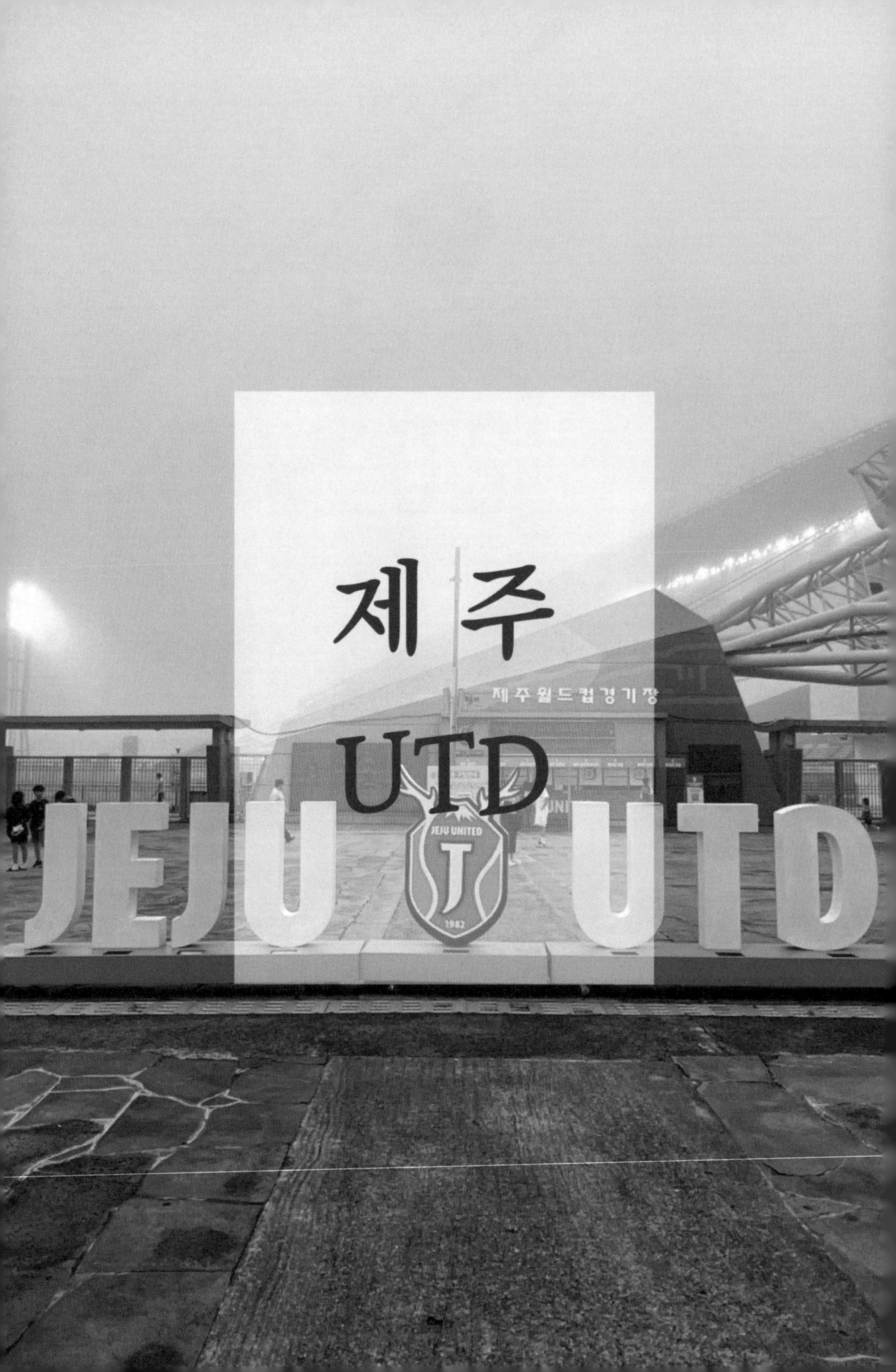

STARTING LINE-UP

FOOD	CAFE	TRIP
순옥이네명가	롱플레이	제주약수터
바당한그릇	제주소담카페	피규어뮤지엄제주
강정북어국	시로코	걸어가는늑대들
꺼멍도새기	카페콜라	
LIKE EGG		
애월은혜전복		
장춘식당		
제주프리또		

⚽ 순옥이네 명가 #전복맛집 #제주도필수코스 #공항근처

여행을 시작하거나 마칠 때, 꼭 자신만의 루틴이 있지 않은가? 제주도 여행의 마지막 날 아침에 꼭 들리는 식당이 바로 여기다. 물론, 이미 유명한 식당이어서 굳이 길게 소개하지 않아도되는 곳이지만, 맛집임이 분명하기에 빼놓을 수 없다. 제주도에 오면 항상 평소보다 과하게먹게 되어 속이 불편한 느낌이 드는데, 제주도에서의 마지막 날, 다시 일상으로 돌아가기 위한 준비 차원에서는 전복죽만 한 것이 없다. 거기에 해녀가 직접 잡은 전복과 해산물로 만든요리라니! 어떻게 그냥 지나칠 수 있겠는가. 자극적이지 않고 고소함과 재료 본연의 맛을 제대로 느낄 수 있는 전복죽 한 그릇이면 일상으로의 복귀도 전혀 서운하지 않다. 직관이든 여행이든 제주도에서의 끝은 대부분 공항으로, 공항 근처에 있는 점도 한몫 단단히 거든다. 이제는 렌터카 반납하기 전에 따뜻한 전복죽 한 그릇은 필수가 되었다.

위치 제주 제주시 도공로 8 문의 064-743-4813 영업시간 연중무휴 09:00~21:00(20:30 라스트오더 / 15:30~17:00 브레이크타임) 메뉴 전복뚝배기 16,000원, 전복죽 13,000원, 한치물회 16,000원, 고등어구이 11,000원, 순옥이네물회 16,000원 등 주차 주변 골목 주차 가능

221 제주유나이티드

⚽ 바당한그릇 #애월 #물회맛집 #제주도필수코스 #강력추천

앞서 말한 식당이 제주도 마지막 날 필수 코스라면, 이곳은 제주도에서 들르는 첫 번째 코스다. 렌터카 수령 후에 무조건 들려야 하는 곳으로. 공항에서 애월 방향 해안 도로를 타고 달리다 보면 그 중간쯤에 있는 식당이다. 개인적으로 살얼음이 얼어있는 물회를 좋아하는데, 살얼음으로 된 매콤하고도 새콤한 물회 양념은 어느 한쪽으로 치우치지 않게 아주 적당한 맛이었다. 회 아래 수북이 쌓인 야채와 잘 비벼서 한입 가득 넣는 순간 신선한 바다가 내 입으로 들어오는 듯, 정말 '바당 한 그릇'을 먹는 느낌이었다. 바당 한 그릇은 마지막까지 회가 남아있어 아쉬움이 전혀 생기지 않는다. N년 전, 처음 방문했던 그 당시부터 지금까지 제주도를 가게 되는 날이면 누구랑 가던, 어떤 계절이든 무조건 첫 번째 필수코스로 들르는 코스가되었다. 사실, 하루에 두 번 간 적도 있다는 건 안 비밀.

위치 제주 제주시 애월읍 애월해안로 552-3 문의 0507-1323-8022 영업시간 월~일 09:00~20:00(15:00~17:00 브레이크타임 / 19:00 라스트오더 / 매주 목요일 정기휴무) 메뉴 활어물회 18,000원, 바당특회덮밥 20,000원, 바당모둠초밥 20,000원 등 주차 가능(무료)

⚽ 강정북어국 #아침식사 #맑은해장국 #속풀이

지금은 이전을 했지만, 내가 갔을 때는 서귀포의 어느 흔한 호텔 내부에 있는 매장이었다. 나는 북어국을 그렇게 좋아하지 않는다. 입안에서 거칠게 느껴지는 식감 때문인데, 북어국은 해장음식으로 유명하지 않은가? TMI지만 내가 술을 마시던 시절에는 해장을 햄버거였다. 내가 강정북어국을 방문했던 이 날은 제주도에서의 일정이 아주 빡빡했기 때문에 아침을 든든히 먹어야 했고, 비가 오던 날이어서 따뜻한 국물 음식을 먹고 싶었다. '아침 식사 가능' 냉면 그릇 같은 큰 대접에 콩나물과 두부, 북어가 잔뜩 들어 있었고, 해장을 위한 국물도 가득이었다. 양에 기가 눌렸지만, 그렇게 먹기 시작한 북어국은 내가 싫어했던 거친 식감도 없었고, 국물이 진하고 시원했다. 평소에 국물을 잘 먹지 않는 나도 반복적으로 국물을 떠먹었을 정도였다. 몇 년 전에 마셨던 술까지 해장되는 느낌을 받고 싶다면 강정북어국이다.

위치 제주 서귀포시 월드컵로 115 1층   문의 0507-1343-6810   영업시간 화~일 07:00~ 21:00(매주 월요일 정기휴무) 메뉴 북어국 9,000원, 성게미역국 12,000원, 쪽갈비 13,000원, 갈치조림 15,000원, 갈치구이 15,000원 등 주차 가능(무료)

⚽ 꺼멍도새기 #동문시장 #은갈치조림맛집 #솥밥

동문시장 내에 내가 가던 식당이 휴무인 것을 모르고 방문하여, 방황하다가 TV프로그램에 나온 맛집이라길래 들어간 곳이다. 사실 이곳의 메인 메뉴는 은갈치조림과 흑돼지 주물럭이지만, 나는 나 홀로 여행객이지 않은가. 혼자 다니는 것이 좋긴 하지만 음식 선택에 있어서는 제한적인 것이 아쉽다. 그래도 그중에 내가 좋아하는 고등어구이를 주문했다. 항상 의아한 점, 제주도에서의 고등어구이는 항상 공깃밥 별도다. 꺼멍도새기는 공깃밥과 솥밥 중에서 선택할 수 있는데, 공깃밥은 1,000원, 솥밥은 2,000원이다. 제주도까지 왔으니 솥밥을 선택했다. 반찬은 제주도의 느낌이 나지 않았지만, 아무렴 어면가. 고등어구이가 있는걸. 간장 소스를 따로 찍지 않아도 간이 적절해 밥과 함께 먹으면 다른 반찬이 필요 없는 맛이었다. 그래도 다른 반찬도 맛있다는 사실을 뺄 순 없다. 내가 가던 식당이랑 번갈아 가면서 와야겠다.

위치 제주 제주시 동문로4길 9 동문공설시장 푸드코트 내부 문의 0507-1387-7057 영업시간 연중무휴 09:00~20:30 메뉴 은갈치조림(2인이상) 22,000원, 흑돼지주물럭(2인이상) 15,000원, 고등어구이 15,000원 등 주차 동문시장 주차장 이용(유료)

⚽Like egg #김밥대신 #에그롤 #포장가능

제주도에는 몇 시간 전에 예약해야 하는 유명 김밥집도 있고, 유명한 전복 김밥집도 있다. 심지어는 제주 유나이티드와 유명 김밥집은 협업으로 이벤트를 진행하기도 할 정도다. 이미 유명한 김밥을 먹어봤다면, 다음은 에그롤을 맛보도록 하자. 제주 월드컵 경기장에서 가까운 법환포구 근처에 있는, 김밥이 아닌 에그롤 가게인데 가게 이름만 봐도 계란에 대한 사장님의 진정성이 느껴지지 않는가? 내가 주문한 메뉴의 이름은 '전에미'. 전복 에그롤과 미역국 세트였다. 전복 내장으로 양념을 한 밥을 김에 말고, 그것을 계란으로 한 번 더 말아 놓은 비주얼이었는데, 그 위에 전복이 통으로 두 마리가 올려져 있었다. 보기만 해도 속이 든든해지는 비주얼에, 단백질까지 충분했다. 아는 맛이 제일 무서운 맛이지 않나. 여러분이 생각하는 그 맛이다. 포장도 가능하니, 경기장에서 에그롤을 먹어보자. 우리는 특별하니까!

위치 제주 서귀포시 막숙포로 96 문의 0507-1461-0295 영업시간 월~일 07:30~17:00 (16:30 라스트오더 / 매주 화요일 및 매월 첫번째 월요일 정기휴무) 메뉴 전복에그롤 11,000원, 제주에그롤 9,000원, 햄새치 7,000원 등 주차 주변 골목 주차 가능

⚽ 애월은혜전복 #애월카페거리 #전복죽 #가족단위

나는 MBTI가 전부 대문자다. 극단적이라는 뜻이다. 'P'가 제일 극명하게 드러나는 때는 바로 여행 중일 때이다. 나의 지인은 제주도 여행을 하는 나를 보고 이렇게 말했다. "무슨 제주도에 별을 그리며 다니냐?"라고. 그만큼 제주도에서는 동선을 생각하지 않는다. 제주도인데 무슨 상관인가. 해안 도로만 달려도 그곳은 제주도인데. 이 모든 것은 제주 유나이티드 직관하러 위한 맛집을 소개하면서 애월 맛집을 소개하기 위한 설명이었다. 엄마랑 제주도 여행을 하던 어느 날, 엄마의 아침식사를 위해 방문했던 곳으로, 나는 전복죽, 엄마는 전복뚝배기를 주문했다. 앞서 소개된 전복죽 맛집보다 내장이 진하게 들어갔는지 색이 더 진했다. 그만큼 다른 곳과는 다르게 전복의 진한 맛을 느낄 수 있었다. 특히, 이곳은 1명당 고등어구이 4분의 1조각이 기본 구성으로 나와서 고등어구이를 좋아하는 나에게는 완벽한 구성의 식당이었다.

위치 제주 제주시 애월읍 애월로1길 24-3 문의 0507-1432-9060 영업시간 연중무휴 09:40~20:00(19:00 라스트오더) 메뉴 전복돌솥밥 17,000원, 전복죽 15,000원, 전복구이 25,000원, 전복뚝배기 17,000원, 전복해물라면 12,000원 등 주차 가능(무료)

⚽장춘식당 #동문시장 #로컬맛집 #고등어연탄구이

앞서 고등어구이 맛집을 소개하면서 잠깐 언급된 맛집이다. 이곳은 고등어구이를 주문하면 가게 밖에 있는 연탄 조리대에서 고등어를 즉석으로 구워주기 때문에 조금 오랜 시간이 걸린다. 프라이팬으로 구운 것보다 화덕이나 석쇠를 이용해서 직화로 구운 것이 더 맛있지 않은가. 그 점을 이용한 식당이다. 따로 간장베이스 소스를 찍지 않아도 되는 짭조름한 고등어구이 한 점에 따뜻한 밥 한 숟가락의 맛은 고등어를 싫어하는 사람 빼고는 누구나 다 아는 맛일 것이다. 내 최애 생선은 고등어지만 비린내 때문에 엄마가 잘 안 해주고, 나조차도 해먹지 않는 반찬이기 때문에 제주도에서는 거의 1일 1고등어를 하기도 하는데, 단연코 이 가게는 1등이라고 말할 수 있다. 동문시장 내부라고 표현하지만, 동문시장에서 다른 길로 빠지는 골목에 있기 때문에 동문시장에 방문할 계획이 있는 분들이라면 장춘식당을 꼭 추천한다.

위치 제주 제주시 동문로4길 9-6   문의 064-757-2548   영업시간 월~일 09:00~19:00(명절 당일 휴무)   메뉴 갈치조림 15,000원, 성게비빔밥 17,000원, 고등어구이 15,000원, 고등어고사리조림 40,000원, 전복뚝배기 17,000원 등   주차 동문시장 주차장 이용(유료)

⚽ 제주프리또 #튀김다발 #SNS업로드용 #비주얼맛집

제주 감성을 가득 담은 제주 프리또. 다른 메뉴도 있지만 이 식당의 시그니처는 당연히 식당 이름과 같은 '제주프리또'. 사진 속의 메뉴가 바로 제주프리또다. 비주얼도 맛도 감성도 모두 완벽한 메뉴라고 말할 수 있다. 전복, 새우, 딱새우, 감자, 단호박, 문어 튀김이 마치 꽃다발처럼 되어 있는데, 심지어 들고나오다가 새우 한 마리를 바닥에 흘리고 찍은 사진이다. 비주얼 그대로 포장하는 방법은 없다. 그냥 내 손으로 들고나오는 방법밖에. 제주시 한림읍에 있고, 경기장까지 모양을 유지해 가져가기도 어렵지만 제주도 감성을 위해서라면 투자할만하다고 생각한다. 단, 2명 이상의 일행으로 구성되어 있을 때 가능하다. 물론 나는 혼자여서 경기장까지 가져가지는 못하고 근처 바닷가에서 감성을 즐겼다. 제주도의 맛과 감성을 가득 담은 튀김이라니 어떻게 포기할 수 있겠는가.

위치 제주 제주시 한림읍 귀덕5길 7 문의 0507-1413-6428 영업시간 월~일 11:00~20:00 (매주 수요일 정기휴무) 메뉴 제주프리또 18,000원, 문어프리또 19,000원, 등갈비커리 14,000원, 해물떡볶이 9,000원 등 주차 가능(무료), 만차시 주변 공영주차장 이용(무료)

Yemen
Al Ramadi Anaerobic Natural

lowkey

Truly
Cigarettes After Sex

다시
이상은

I Need You
America

다섯 밤과 낮
마이 앤트 메리

Time
The Alan Parsons Project

The More We Try
Kenny Loggins

Best That You Can Do
Christopher Cross

All My Days
Alexi Murdoch

마지막 거짓말
용산

Every Time You Go Away
Paul Young

With the Ink of a Ghost
José González

바람이 분다
이소라

Home Sweet Home
Mötley Crüe

Goodbye to Romance
Ozzy Osbourne

LONG PLAY

⚽ 롱플레이 #구좌읍카페 #예약제운영 #이상순카페

100% 예약제로 운영 중인 이상순의 카페. 바 좌석과 테이블 좌석으로 구성되어 있는 아주 작은 카페다. 커피는 브루잉 라인과 에스프레소 라인으로 나뉘어져 있어 내 취향에 맞춰 원두를 고를 수 있다. 잘 모르겠다면 추천을 받으면 되니 걱정할 필요가 없다. 바에 앉으면 바로 눈앞에서 바리스타가 커피를 내리는 모습을 볼 수 있는데, 사실 나는 그것보다 사장님의 추천곡에 관심이 있어서 방문하는 편이다. 그날의 감성, 무드가 담긴 사장님의 추천곡이 적혀진 종이를 같이 주는데 이렇게 알게 된 곡 중에서 내 일상 플레이리스트에 추가된 곡도 꽤 있다. 리스트가 한 바퀴 돌면 딱 1시간, 퇴장할 시간이다. 한 시간은 항상 아쉽다. 롱 플레이는 자체 제작 굿즈도 구매할 수 있어 쇼핑까지 일거양득으로 가능한데, 나는 분명 커피와 음악을 즐기러 가는데 왜 항상 나올 때는 양손 가득 쇼핑백이 들려있는 걸까?

위치 제주 제주시 구좌읍 동복로 44　문의 070-4489-4004　영업시간 월~일 09:00~17:00 (휴무 별도 공지)　메뉴 롱플레이세트 10,000원, 에스프레소 4,000원, 아메리카노 5,500원, 치즈케이크 10,000원, 뱅드젤 4,000원 등　주차 편의점 옆 공터 주차 가능(무료)

⚽ 제주소담카페 #제주월드컵경기장주변 #플라워카페 #범섬뷰

식물이 가득한 플라워 카페. 식물원 카페 개념이 아니라, 쉽게 말해서 꽃집이랑 같이 운영하는 개념이다. 정원에는 스몰 웨딩도 가능한 인테리어가 되어 있다. 내가 방문했을 때 사장님은 음료를 제조하고 있었고, 사장님 대신 고양이 한 마리가 카운터를 지키고 있었다. 동물을 무서워하는 터라, 잠시 머뭇거렸지만, 고양이가 오며 가며 손님들의 관심과 사랑을 많이 받았는지, 가만히 있어 주문을 마칠 수 있었다. 이 카페는 범섬 뷰로 유명하다. 내가 방문한 날에는 날씨가 좋지 않아 범섬을 제대로 볼 수 없었지만 날씨가 좋은 날이면, 바로 앞에 넓게 펼쳐진 바다와 범섬이 한눈에 들어온다. 제주 월드컵 경기장까지 차로 4분 거리에 있어, 경기 전후로 힐링이 필요한 분들이라면 꼭 한번 들러보기를 바란다. 범섬을 보며 '통째로 갈아 넣은 한라봉 주스' 한 잔은 힐링 그 자체다.

위치 제주 서귀포시 막숙포로 150 문의 0507-1376-2831 영업시간 연중무휴 09:00~22:00 (휴무일 SNS 별도 공지) 메뉴 아포카토 6,000원, 유자차 6,000원, 통째로갈아넣은한라봉주스 7,000원, 제주댕유지차 6,500원 등 주차 가능(주변 골목 주차 가능)

⚽ 시로코 #공항근처 #비행기항로 #소금빵맛집

비행기 출발 시간이 애매하게 남았을 때 들리기 좋은 공항 근처 카페. 경기 다음 날, 느지막이 출발하는 비행기로 예약해서 여기저기 돌아다니다 보니 비행기 시간이 가까워져 왔다. 한 군데 더 들르기에는 애매한데, 바로 렌터카 반납을 하고 공항으로 가자니 이른 시간이어서 방문했다. 이미 비행기 항로 바로 아래에 있는 카페로 유명한 것 같았다. 제주공항으로 도착하는 비행기가 착륙하기 직전, 눈앞으로 비행기가 지나간다. 비행기 샷을 찍을 수 있는 아주 적합한 카페라는 말이다. 가까운 만큼 비행기 소리에 시끄러울듯하지만 전혀 그렇지 않고 조용하다. 내가 갔을 때는 2층 뷰가 좋은 자리는 이미 만석이어서 1층 구석에 자리를 잡고 소금빵을 맛보기 시작했다. 내 기준에서는 여기 뷰 맛집 아니고, 소금빵 맛집이었다. 겉바속촉한 소금빵에 레몬에이드 한 모금에 집중하다 보면 금세 렌터카 반납할 시간이다.

위치 제주 제주시 용마서1길 27-7 문의 010-2744-1232 영업시간 연중무휴 09:00~23:55 (23:50 라스트오더) 메뉴 말차라떼 5,500원, 생과일스무디 8,000원, 레몬에이드 7,000원, 크로플 8,000원, 쿠키 3,800원, 수제요거트 7,500원 등 주차 가능(무료)

⚽ 카페 콜라 #코카콜라 #개인운영카페 #오션뷰

콜라 취향은 크게 두 가지로 나뉘지 않는가. 나는 눈감고 구별할 정도로 모태 코카콜라 애호가다. 그저 부모님이 좋아해서 따라서 마시는 정도가 아니다. 아버지가 코카콜라에서 근무했었다. 그래서 나는 어릴 때 타고 다녔던 차도 코카콜라로 래핑 된 차였고, 집에도 코카콜라에서 나온 굿즈인 포크, 조명, 장난감 자동차, 카메라, 컵, 의자 등이 있었고, 넓디넓은 회사 광장에서 아빠한테 롤러스케이트를 배우던 기억도 있다. 지금도 안방에 있는 장식장에는 굿즈 몇 개가 전시되어 있는데, 그만큼 내 삶 자체다. 그 특정 브랜드에서 카페를 운영한다니 꼭 가봐야만 했다. 사장님한테 여쭤봤는데, 브랜드에서 하는 건 아니고 사장님이 코카콜라를 좋아해서 만든 개인 카페라고 했다. 그리고 나중에 더 커지면 박물관을 만들 거라는 것도. 그만큼 진심인 사장님이 좋은 위치에 좋은 테마로 만든 카페라면 설명은 이만 줄여도 될 것 같다.

위치 제주 제주시 한림읍 일주서로 5857 연락처 0507-1408-9969 영업시간 월~일 10:00~18:00(매주 화요일 정기휴무) 메뉴 커피콕 7,000원, 체리콕 5,000원, 한라봉주스 5,000원, 쿠앤크프라페 6,000원, 망고스무디 6,000원, 알루콕 4,000원 등 주차 가능(무료)

235 제주유나이티드

⚽ 제주약수터 올레시장점 #진짜약수터아님 #수제맥주 #제주맥주

서귀포에 방문할 때마다 들리는 코스 중의 한 곳이었다. 과거형인 이유는 금주를 선언했기 때문인데, 혹시 모른다. 제주도에 가면 그 분위기에 또 방문할 수도 있다. 제주도 감성에 맞춰 맥주의 이름이 제주도와 관련된 이름이다. 거기에, 올레시장에서 간단한 안주를 사 와서 맥주랑 같이 먹어도 된다니, 이 얼마나 완벽한 코스인가. 특히, 올레시장에 있는 마농 통닭집 한 곳과는 제휴를 맺어 영수증이나 대기표를 보여주면 할인이 가능하다고 한다. 치맥의 조화는 뿌리칠 수 없는 유혹이다. 더불어 내가 제주 약수터에 빠진 이유는 캔맥주로도 구매가 가능하고, 용량에 따라 페트병에 테이크아웃도 가능하다. 나처럼 혼자 여행하시는 분들은 올레시장에서 간단한 안주와 제주 약수터에서 수제 맥주 포장해서 숙소에서 편하게 마실 수도 있다. 경기장에 외부 주류 반입은 불가하지만, 기내 반입이 가능하니 제주 감성에 취해보자.

위치 **제주 서귀포시 중앙로48번길 10** 문의 **0507-1344-6632** 영업시간 **연중무휴 13:00~22:00(21:30 라스트오더)** 메뉴 **올레길, 남쪽나라, 거문오름, 화수분, 천지연 등(맥주 종류 수시 변경)** 주차 **올레시장 주차장 이용(유료)**

⚽피규어 뮤지엄 제주 #가족단위 #꿈과희망 #추억

나는 어렸을 때부터 만화나 캐릭터들을 좋아하지 않았다. 그렇기에 처음에는 '굳이?'라는 생각을 했다. 나보다는 엄마가 가보고 싶어 하는 것 같아서 방문했다. 오름 앞에서는 가차 없이 몸을 돌리며 올라가지 않겠다는 마음을 표현한 것과 다르게 피규어 뮤지엄으로 들어가는 발걸음은 리듬을 타고 있었다. 역시나 아이언맨을 좋아하는 엄마다. 밖에서 볼 때는 건물이 매우 작아서 입장료 12,000원이 아깝다는 생각이 들었지만 들어가서 만난 피규어 뮤지엄은 생각보다 넓었다. 그리고 피규어의 퀄리티가 매우 좋았다. 특히, 영화에서 아이언맨으로 변신할 때 올라가는 그 공간이 재현되어 아이언맨을 좋아하는 사람들에게는 이곳만 한 곳이 또 없을 것 같았다. 아이들은 물론, 어른까지 동심으로 돌아갈 수 있는 공간이었다. 제주 월드컵 경기장에서 경기 관람 후에, 공항으로 넘어가는 길 조금만 더 크게 돌아간다면 만날 수 있다.

위치 제주 서귀포시 안덕면 한창로 243　문의 0507-1433-2264　영업시간 연중무휴 09:30~18:00 입장료 성인 12,000원, 청소년 10,000원, 어린이 경로 장애인 91,000원 주차 가능(무료)

⚽ 걸어가는 늑대들 #형제작가 #동화작가 #전이수갤러리 #감동

역시나 제주 월드컵 경기장에서 참 멀다. 공항 근처도 아니고, 조천에 있다. 그런데도 내가 이곳을 추천하는 이유는 이곳에 가서 관람하고 나오면 힐링을 떠나 지난 내 삶을 반성하게 만드는 무언가가 있기 때문이다. 동화 작가 '전이수'라는 이름을 들어본 적이 있는가. SBS 〈영재발굴단〉에 나와서 알려진 동화 작가이다. 지금은 동생인 전우태 씨와 형제 작가로 활동하고 있는데, 그 가족이 운영하는 갤러리다. 생각을 글로 남기고, 그 글을 보며 그림을 그리는 순서로 작품 활동을 하고 있다고 한다. 그림과 함께 작가가 대중에게 전하고 싶은 메시지들이 이 공간 내, 외부에 참 많이 적혀 있는데, 그 글들을 보며 힐링은 물론이고 내 지난 삶에 대한 반성을 하게 되는 곳이다. 어쩌면 삶에 찌든 어른이의 마음을 지금은 청소년이 되었을 작가가 어루만져 주는 것일지도 모르겠다.

위치 제주 제주시 조천읍 조함해안로 556 문의 0507-1344-9482 영업시간 연중무휴 10:30~19:30(화~금 12:30~13:30 브레이크타임 / 매일 18:30 마지막 입장) 입장료 성인 10,000원, 어린이 1,000원(현장에서 입장권으로 교환 후 입장 가능) 주차 가능(무료)

◼◼ MD샵 직원이 칭찬한 이주용 선수

제주 원정의 횟수는 다른 홈구장의 방문보다 횟수가 현저하게 적을 수밖에 없다. 아무래도 이동 거리와 시간이 두 배 이상으로 소요되기 때문이다. 그만큼 제주는 시간을 내서 방문해야 하는데, 문득 궁금했다. 제주 유나이티드 팬 중에서, 제주에 거주하고 있지 않지만 홈에서의 모든 경기를 관람하기 위해 제주에 방문하는 사람이 있을까? 있을 것도 같다.

나는 이날 시간이 된다는 핑계로 무작정 제주로 떠났다. 1박의 일정으로 숙소와 항공권을 예약하고 마지막으로 렌터카까지 예약했다. 나만의 필수 코스인 '바당 한 그릇'에서 물회를 먹고 제주 월드컵 경기장으로 향했다. 경기 시간이 다가오니 비는 다행히 그쳤지만, 시야는 좋지 않았다. 그래도 제주 월드컵 경기장까지 왔으니, 유니폼을 사야 했다. 티켓을 발권하고 곧장 MD샵으로 향했다. MD샵 외부에 펼쳐진 유니폼을 들어보며 사이즈를 확인하고 있을 즈음, 들려오는 직원의 목소리. "어센틱 유니폼은 안쪽에 있어요." 이게 아니다 싶었던 것이 내 얼굴에 쓰여 있었나 보다.

그렇게 주황스러운 MD샵 내부에 들어가자, 어센틱 유니폼이 일렬로 나열되어 있었다. 내 사이즈가 걸려 있지 않아 직원분께 사이즈를 요청하고, 미리 계산했다. "풀 마킹이요." 직원이 마킹지를 뒤적이며 나에게 물었다. "마킹은 누구로 드릴까요?" 전북이었다면 살짝 고민이 필요했겠지만, 제주는 고민이 필요 없었다. "이주용 선수요". 그러자 직원은 손은 열심히 이주용 선수의 마킹지를 찾으며 나에게 말했다. "이주용 선수, 진짜 사람 좋아요. 뭐든지 솔선수범하고 진짜 사람 좋아요. 직원들한테도 잘하고." 이주용 선수와 친한 사이였을까? 신나서 이주용 선수를 칭찬하는 직원을 보며 나는 멋쩍게 웃음으로 대답하며 속으로 생각했다.

'주용 선수, 제주에서 행복 축구를 하고 있군요.'

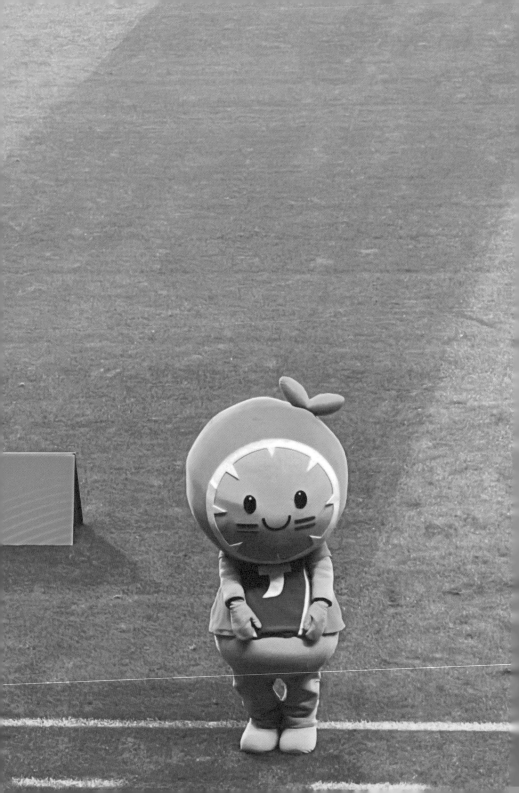

♟ 날씨가 좋지 않은 날의 제주 월드컵 경기장

제주 월드컵 경기장은 2001년 '한국 건축물 7선'을 수상한 건축물이다. 공식 명칭은 '제주 월드컵 경기장'이지만 서귀포에 있는 축구전용 경기장이다. 2002년 월드컵 개최를 위해 건설되었고, 제주도의 강한 바람을 막기 위해 그라운드가 지하에 조성된 경기장이다.

그런 제주 월드컵 경기장에서 내가 관람한 시야는 좋지 않았다. 무더운 여름, 경기 직전까지 많은 비가 내렸고, 그로 인해 안개가 자욱했다. 건너편 좌석의 관객이 아주 흐릿하게 보일 정도로 안개가 자욱해서 과연 경기가 진행될 수 있는지 의아했다. 내가 방문한 날은 아무 사고 없이 경기가 진행되었다. 아무튼 나는 이날 전반전이 진행되는 내내 나가야 하나 고민을 했다. 자욱한 안개의 냄새와 더운 여름 안 그래도 높은 습도에 비까지 내려 내가 물속에 있는지 의심스러운 상태, 그로 인해 사우나 안에 들어와 있는 듯한 냄새까지. 고민에 고민을 더한 결과, 나는 하프타임에 경기장을 급하게 빠져나왔고, 다짐했다. 제주 원정은 날씨 좋은 날, 장마철도 아닐 때만 가야겠다고. 날씨가 좋지 않은 날의 제주 월드컵 경기장은 좋지 않은 추억으로 남았다.

♟ 마음의 고향, 제주도

나는 직관 외에 분기별로 한 번씩 제주도를 방문할 정도로 제주도를 좋아한다. 전주와 더불어 마음의 고향이라고 생각할 정도로 제주도에 대한 관심은 정말 높다. 그렇게 알게 된 제주도의 맛집과 카페에 대한 정보는 무수히 많다. 그런데도 15곳밖에 소개할 수 없었던 점이 너무 아쉽다. 내가 알고 있는 무수히 많은 장소 중에서 열심히 고르고 골라 정말 소문난 맛집과 나만 알고 싶은 맛집을 적절히 배합해서 소개했다. 제주유나이티드의 연고지가 제주인만큼 제주의 특별한 장소나 알려지지 않은 공간을 알고 싶은 분들이 있다면 양해를 바란다.

포항
스틸러스

사진출처 : 포항스틸러스 홈페이지

STARTING LINE-UP

FOOD	CAFE	TRIP
꽝할매떡볶이	프랭크커빈바 포항점	호미곶
유재용손만두	두유라이크커피	환호공원 스페이스워크
유화초전복죽	러블랑	장사상륙작전 전승기념관
교동면옥 포항청림점	커피바리즈	이가리닻전망대
		영일대 해수욕장

⚽ 꽝할매떡볶이 #옛날떡볶이 #생활의달인맛집

포항에서의 직관 후, 숙소에 가서 저녁으로 먹을 계획으로 들르게 된, 생활의 달인에 나온 유명 떡볶이집. 가게 입구에 붙어 있는 '입맛 차이로 맛없을 수 있음 주의'라는 문구를 보고 '그렇게 자신이 없나'라는 생각이 들어 살짝 고민했다. 고민 끝에 떡볶이 1인분과 햄 핫도그 한 개를 포장했고, 숙소로 돌아오자마자 먹기 시작했다. 숙소가 멀어 어느 정도 불어 있을 것이라 예상했지만, 전혀 불어 있지 않아 신기했다. 사실, 나는 떡볶이에 떡보다 어묵을 좋아하는데 두툼한 어묵이 꽤 많이 들어있어 마음에 들었다. 맛은 다른 떡볶이집보다 단맛이 덜하고 고추장 특유의 진한 맛과 매콤한 맛이 더 강한 편이어서, 축구 경기를 보며 맥주와 함께 먹을 간식으로 어울릴 스타일이었다. 같이 주문한 햄 핫도그는 그 옛날 학교 앞에서 먹던 바로 그 맛이었다. 매콤한 떡볶이 소스에 찍어 먹는 햄 핫도그의 맛 또한 잊을 수 없는 맛이다.

위치 경북 포항시 북구 중앙상가2길 16 문의 054-243-4273 영업시간 월~토 11:30~19:00
메뉴 떡볶이 4,000원, 햄핫도그 1,500원, 어묵핫도그 1,500원, 튀김어묵 1,000원, 물어묵 1,000원, 순대 4,000원 등 주차 불가(주변 공영주차장 이용)

⚽ 유재용손만두 #손만두 #포장만가능

우선, 이 가게의 최대 단점은 주차다. 주변을 몇 바퀴 돌다가 가게 앞에 겨우 주차하고 가게에 들어가는 순간, 주차난 따위에 짜증을 냈던 내가 한심하게 느껴졌다. 들어가자마자 아마도 가게 이름 속 주인으로 예측되는 사장님이 만두를 빚는 모습이 보였는데, 이렇게 공개적인 공간에서 만두를 빚는다는 것은 분명 만두에 자신이 있다는 표시였을 테니까. 온몸으로 일정한 리듬을 타며, 끊임없이 만두를 빚으시는 사장님의 모습에 묘하게 빠져들었고, 고기만두 1인분과 김치만두 1인분을 주문했다. 나는 소믈리에처럼 만두의 맛을 감별하는 능력이 있어서 만두 맛에는 아주 철저한 편이라, 만두를 감별하는 나만의 기준이 있는데, 비주얼과 맛 모두 합격인 가게였다. 기름지지 않고 담백한 고기만두와 매콤한 맛이 강하지 않고 맛의 조화가 잘 어울리는 김치만두. 축구 경기 직관 시 간단한 간식을 찾고 있다면 방문해 보자.

위치 경북 포항시 북구 대신로36번길 10 문의 054-247-0506 영업시간 월~수, 금, 토 12:00~20:00(14:00~17:00 브레이크타임 / 매주 월, 목요일 정기휴무) 메뉴 고기만두 6,000원, 김치만두 6,000원, 비빔만두 8,000원 등 주차 불가(주변 공영주차장 이용)

⚽ 유화초 전복죽 #죽도시장 #백종원의3대천왕 #젓갈반찬

포항스틸러스와 전북현대의 경기를 보고, 포항에서의 1박. 역시나 바닷가 근처에서의 아침식사 메뉴로는 전복죽만 한 것이 없다. 특히나 지난 경기에서 전북이 졌기 때문에 숙소에서 떡볶이와 함께 맥주를 조금 마셔서 해장이 필요했다. 이날의 검색어는 '포항 전복죽 맛집', '아침식사 가능'. 그렇게 죽도 시장에 위치한 '유화초 전복죽'을 찾았다. 오픈런을 해서인지 다른 손님은 없었고, 사장님은 오픈 준비로 바빠 보였지만, 직관을 핑계로 여행을 다니면서 혼밥 스킬이 많이 높아진 나는 전복죽 하나를 주문했다. 그렇게 받은 전복죽은 다른 곳과는 조금 다른 느낌이었다. 죽은 전복 내장으로만 요리된 듯 보였고, 삶아졌는지 쪄졌는지 모르겠는 전복은 정체 모를 가루와 함께 죽 위에 토핑으로 올라가 있었다. 살짝 비벼 먹기 시작한 전복죽은 고소함 그 자체였다. 앞으로 포항에서의 아침식사는 여기로 해야겠다.

위치 경북 포항시 북구 죽도시장2길 32 문의 054-247-8243 영업시간 월~일 09:00~18:00
메뉴 전복죽(일반) 17,000원, 전복죽(특) 20,000원, 전복물회 25,000원, 전복 회(시세), 전복 구이(시세), 전복찜(시세) 등 주차 불가(주변 공영주차장 이용)

⚽ 교동면옥 포항청림점 #육전냉면 #포항스틸야드근처

무더운 여름의 포항스틸러스와 전북현대의 경기 몇 시간 전에 방문한 포항스틸야드에서 가까운 식당. 거리나 위치를 비교해 보자면 아마도 K리그2에 참가하고 있는 성남FC의 '감미 옥'과 같은 존재일까? 객석으로 입장하는 순간 땀 범벅에 힘들어할 내 모습이 상상되어 급하게 시원함을 선물하고 싶었다. 물냉이냐 비냉이냐의 사이에서 고민할 필요가 없이 내가 주문한 메뉴는 '육전 물 비빔면'. 짬짜면처럼 반반이었으면 더 좋았겠지만, 비냉과 물냉의 맛을 동시에 느낄 수 있는 맛이었다. 매콤, 시원하고 깔끔하기까지 한 '육전 물 비빔면' 한 그릇으로 잠시나마 더위를 잊을 수 있었다. 몇 시간 후 진행된 경기는 결국 전북현대의 패. 숙소로 가는 길, 교동 면옥 앞을 지나가며 생각했다.

'아니, 지금의 화를 식히는 데 냉면 육수만큼 좋은 것이 없을 텐데.'

위치 경북 포항시 남구 해병로 3 문의 054-291-8988 영업시간 월~일 10:30~21:00 메뉴 육전물비빔면 10,000원, 교동특냉면 12,000원, 육전비빔냉면 10,000원, 옛날불고기 13,000원, 교동손만두 5,000원, 갈비탕 12,000원 등 주차 가능(무료)

⚽ 프랭크커핀바 포항점 #에스프레소바 #크로플맛집 #해리포터

이후 소개될 환호공원 스페이스워크를 올라갔다 와서 잠시 더위를 식힐 겸 들른 카페. 체인점이긴 하지만, 같은 원두와 같은 커피 머신을 사용하더라도 사람에 따라 커피 맛이 달라지는 법. 사실, 주로 아이스 아메리카노만 먹는 나에게는 그렇게 중요한 내용은 아니지만 말이다. 아무튼 해리 포터가 곧 나올 것만 같은 인테리어로 된 감성 카페로 유명한 곳이라, 내가 있는 동안 SNS용 사진을 찍으러 오는 여자 손님들이 꽤 있었다. 다양한 종류의 에스프레소와 크로플 맛집으로도 유명하니, 커플 단위로 직관 여행 다니는 축구 팬들에게 추천하는 곳이다. 다 마신 에스프레소 잔을 쌓아놓고 찍은 사진, 손님들이 모아 놓은 주문서와 함께 찍는 사진 등, 유행에 뒤처질 수는 없지 않은가.

위치 경북 포항시 북구 해안로 229 문의 0507-1356-3746 영업시간 월~일 11:00~22:00 (21:30 라스트오더) 메뉴 프랭크커피 6,000원, 커피캔디콥 6,500원, 브라운치즈크로플 9,000원, 딸기크로플 14,000원, 콘파냐 3,500원 등 주차 가능(무료)

⚽ 두유라이크커피 #뷰맛집 #임곡항뷰 #노을맛집

혼자서 여행을 다니다 보면 내비게이션의 안내에 대답해야 겨우 한마디 할 수 있을 정도로 말을 하지 않는 시간이 더 많다. 주말 낮에 진행된 축구 경기를 보고, 호미곶 방향에 위치한 숙소로 가는 중에 만난 카페 '두 유 라이크 커피'. 카페 외관에 쓰여있는 상호를 보고 나도 모르게 "Yes, I like coffee"라고 육성으로 대답하며 들어갔다. 우연히 들어가게 된 카페인데 뷰가 상당했다. 통유리로 된 창문을 통해서 임곡항의 뷰가 시야 가득 들어와서 다른 층을 가보지도 않고, 홀린 듯 창가에 자리를 잡았다. 메뉴는 역시나 아이스 아메리카노. 시원한 아이스 아메리카노 한 잔과 바다 멍의 조화는 언제나 옳다. 한참을 그렇게 바다 멍을 하다 둘러본 카페는 좌석이 꽤 거리감 있게 세팅되어 있었고, 손님 모두가 바다 멍을 하고 있었다.

위치 경북 포항시 남구 동해면 임곡리 473-2 문의 0507-1390-1848 영업시간 월~일 11:00
~21:00 메뉴 에스프레소 4,000원, 카푸치노 5,000원, 바닐라라떼 5,500원, 바닐라시나몬라
떼 6,000원, 달고나라떼 6,500원, 자몽에이드 6,500원 등 주차 가능(무료)

⚽ 러블랑 #대형카페 #7번국도 #화진해수욕장

주소상으로는 포항이지만, 영덕에 더 가까운 위치에 있는 대형 베이커리 카페다. 포항 스틸야드와는 거리가 있어 위쪽 지역에 거주하는 원정 응원 팬들이 집에 가는 길에 들르기 좋은 위치라고 생각한다. 나는 장사해수욕장에 있는 장사상륙작전 전승기념관에 가는 길에 잠시 쉬어가려고 들렀다. 사진처럼 통창으로 수평선이 한눈에 보일 정도로 시야가 깨끗해서 일출과 일몰을 보러 오는 사람들이 많다고 하는데, 정말 그럴만한 공간이었다. 거기에 요즘 유행하는 '대형 베이커리 카페'라니…. 사람이 없을 수가 없다. 특히 내가 응원하는 팀이 경기에서 지는 날에는 집에 가는 길이 답답하고 지루하다. 포항 원정에서 내가 응원하는 팀이 졌는가? 그러면 러블랑에 들러 시원한 뷰로 바다 멍을 하면서 잠시 쉬어가는 것도 좋다.

위치 경북 포항시 북구 송라면 동해대로 3310 문의 0507-1476-3535 영업시간 월~목 08:30~21:30, 금~일 08:30~22:00 메뉴 생딸기눈꽃빙수 19,000원, 연유커피 8,000원, 카페러블랑 8,500원, 크리미수플레 17,000원, 까망블랑 8,500원 등 주차 가능(유료)

⚽커피바 리즈 #영일대해수욕장 #카이막맛집

영일대 해수욕장 근처에 있으며, 낮엔 카페, 밤엔 펍인 공간이다. 이렇게 힙한 공간에 전용 주차장이 없는 것이 흠이지만, 그것조차 이해할 수 있는 카페랄까? 화이트와 우드톤으로 꾸며진 공간은 매우 아늑한 분위기를 연출했다. 카이막과 아이스 아메리카노를 주문하고 카페를 둘러보니 음악은 LP로 틀어주는 것 같았는데, 해외 아티스트의 곡이 카페 분위기와 너무 잘 어울렸다. 자리를 둘러보는 중, 사장님이 카페 안쪽에도 공간이 있다고 하여 안쪽으로 들어오자 또 다른 분위기의 공간이 있었다. 앞쪽 공간은 조용하고 아늑하다면, 안쪽 공간은 정말 힙한 분위기였다. 안쪽 공간에 자리를 잡고 카이막과 분위기에 취해 한동안 헤어 나오지 못했다. 부드럽고 쫀득한 토스팅 된 식빵에 꾸덕꾸덕한 카이막의 조화는 상상 그 이상의 맛이었다. 2024 시즌 포항과의 경기를 기다리게 하는 그 맛이 아직도 생각난다.

위치 경북 포항시 북구 삼호로 180 문의 0507-1337-8176 영업시간 월~일 11:00~24:00 메뉴 청포도에이드 5,500원, 크림라떼 6,000원, 피치하이볼 9,000원, 에스프레소 콘파냐 5,000원, 카이막 6,900원, 피넛크림라떼 6,000원 등 주차 불가(주변 공영주차장 이용)

⚽ 호미곶 #승리의기도 #상생의손 #뷰맛집 #포항필수코스

한반도에서 해가 가장 먼저 뜨는 곳인 호미곶은 포항의 대표 명소로 절대 빼놓을 수 없는 곳이다. 가족여행으로 포항을 방문해도 호미곶은 꼭 코스에 넣는다. 정말 많은 사람이 새해 일출을 보기 위해 찾는 명소이기 때문에, 모르는 사람이 없을 정도다. 그럼에도 이렇게 추천을 하는 이유가 있다. 사람들은 새해 일출을 보며 한 해 이루고 싶은 것들을 속으로 생각하며 기도하지 않는가? 그렇다면 축구 팬인 우리는 포항 원정 전에 들러 우리 팀이 오늘 승리하게 해달라고 기도해 보자. 나는 포항에서의 경기 전에 방문하지 않고, 집으로 돌아가기 전에 방문해서 전북현대가 2023 시즌에 상위 스플릿만 가게 해달라고 기도했다. 하…. 이때는 현실이었다. 다행히 그 기도를 들어주었다. 2024 시즌에 포항으로 원정 가는 날에는 전북현대가 리그 우승을 넘어 트레블을 달성하게 해달라고 기도할 예정이다. 누구의 소원을 들어줄지는 모르지만, 우리 모두 우리 팀을 위해서 기도해 보자.

위치 경북 포항시 남구 호미곶면 대보리 문의 054-284-5026 입장가능시간 연중무휴 00:00~24:00 입장료 무료 주차 가능(무료)

⚽환호공원 스페이스워크 #스릴만점 #핫플레이스 #필수코스

포스코가 만들어 포항시에 기증한 체험형 작품. 겁이 많은 나는 왜 이런 것을 만들었는지 아직도 의문일 뿐이다. 스페이스워크가 설치된 환호공원은 평지가 아니다. 경사가 꽤 있는 동네 뒷산 정도로 생각하면 되는데, 당연히 아래에 주차하고 걸어 올라가야 한다. 앞에서 수없이 말했지만 나는 경사를 그렇게 좋아하지 않는다. 주차장에서 잠시 고민하고 있는데, 스페이스워크 방향으로 올라가는 사람들이 많은 것이 아닌가? 그렇게 나는 호기심에 사람들을 따라 올라갔고, 아이들도 쉽게 올라가는 것을 보고 괜찮은가 싶어 스페이스워크도 올라가게 되었다. 중간쯤 올라갔을까, 더 이상 바람을 막아 줄 것이 없으니 시원했다. 아니, 겁에 질려 서늘함을 느낀 것이었을까? 아무래도 나는 무리였는데, 많은 사람이 높이를 즐기고 있는 것을 보아하니, 아직 와보지 않은 사람들에게는 추천할 만한 공간이겠다.

위치 경북 포항시 북구 두호동 산8 문의 054-270-5180 입장가능시간 4월~10월 10:00~20:00, 11월~3월 10:00~17:00 (금~일 1시간 연장 운영 / 매월 첫번째 월요일 정기휴무) 입장료 무료 주차 가능(유료)

⚽장사상륙작전 전승기념관 #아픈과거 #역사 #아이와함께

〈장사리 : 잊혀진 영웅들〉이라는 영화를 본 적이 있다면 알 것이다. 얼마나 뼈아픈 과거였는 지. 장사해수욕장에 세워져 있는 군함이 바로 '장사상륙작전 전승기념관'이다. 학창 시절 6.25 전쟁과 인천상륙작전에 대해 배우면서 같이 들었을 장사상륙작전. 지금의 내 나이보다 훨씬 어린 나이에 전쟁에 투입된 학도병들의 희생을 기리는 곳이다. 전쟁의 재연과 당시 실제로 사용한 군용품, 전쟁에 투입된 호국 영웅들에 대해서 더 자세히 알 수 있는 공간이다. 역사를 잊은 민에게 미래는 없다는 말을 기억하는가? 축구 경기장에서 보면 어린아이들과 함께 온 가족 단위의 축구 팬들이 많이 보이는데, 축구도 중요하지만, 경기 전후로 이런 교육적인 공간에 들러 역사도 배우고, 우리가 지금 누리고 있는 것들에 대한 감사함을 느낄 수 있는 시간을 갖도록 해보자.

위치 경북 영덕군 남정면 동해대로 3560 문의 054-730-7315 입장가능시간 화~일 (하절기 09:00~18:00, 동절기 09:00~17:00, 매주 월요일 정기휴무) 입장료 성인 3,000원, 청소년 및 군인 2,000원, 어린이 1,000원, 영유아 경로 장애인 무료 주차 가능(무료)

⚽ 이가리 닻 전망대 #사진맛집 #산책로 #간이해수욕장

포항은 유독 나의 담력을 테스트하는 공간이 많을까 싶다. 포항스틸야드에서 20번 국도인 해 안로를 타고 장사해수욕장 방향으로 가다 보면 나오는 곳이 여기다. 당연히 나는 끝까지 가지 못하고 중간에서 되돌아왔다. 다행히도 아래가 보이는 유리로 된 다리는 아니었지만, 바닷소 리, 바람, 높이 등의 자연환경은 나를 두려움에 떨게 했다. 주변에 아무것도 없고 전망대 하나 뿐임에도 불구하고, 사람들이 꽤 많이 드나들었다. 전망대 끝에 다다르면 선박용 빨간 키가 있는데, 그 방향을 따라 직선코스로 251km만 가면 우리의 땅 독도가 있다고 한다. 아마도 독 도를 지키는 전망대가 아닐까 싶다. 그런 의미라면 추천할 만하다. 독도는 우리 땅이다. 나처 럼 겁이 많은 편이 아니라면 충분히 도전해 볼 만하다. 전망대 끝에 서서 파도 소리와 함께 넓 은 동해를 한눈에 담아보자.

위치 경북 포항시 북구 청하면 이가리 산67-3 문의 054-270-3204 입장가능시간 연중무휴 09:00~18:00(6월~8월 09:00~20:00) 입장료 무료 주차 가능(무료)

⚽ 영일대 해수욕장 #대표해수욕장 #맨발걷기명소

포항의 일출 명소로 유명한 해수욕장. 포항까지 왔는데, 해변을 걸어보지 않고 돌아갈 수는 없지 않은가. 다행히 영일대 해수욕장은 발이 푹푹 빠지는 아주 곱고 마른 형태의 모래가 아니어서 걷기가 쉬웠다. 그래서일까 요즘 유행하는 맨발걷기의 명소로도 유명한 것 같았다. 주위를 둘러보니 나만 신발을 신고 있는 느낌이 들 정도로 맨발로 해변을 걷고 있는 사람들이 꽤 많았다. 이어폰 속 음악도 끄고 가만히 한자리에 서서 눈을 감고 파도 소리와 바람을 느꼈다. 역시, 나는 전망대보다는 바닥에 발이 붙어 있어야 한다. 바다를 실컷 느낀 후에 차로 돌아가다 보니, 맨발걷기 하는 사람들을 위한 신발장이 만들어져 있었다. 역시, 우리나라는 자전거만 훔쳐 가지 다른 건 안 훔쳐 간다. 경기 보고 영일대 해수욕장에 들러 밤바다를 느끼고, 근처에 있는 '커피바 리즈'에 들러 카이막을 즐긴다면, 더할 나위 없는 축구여행의 코스가 되겠다.

위치 경북 포항시 북구 두호동 685-1 입장가능시간 연중무휴 00:00~24:00 입장료 무료 주차 가능(유료)

261 포항스틸러스

STARTING LINE-UP

FOOD   CAFE

아포수제돈가스   메타 1976

⚽ 아포수제돈가스 #유명맛집 #쫄면 #돈가스 #웨이팅주의

김천에서 쫄면과 돈가스로 유명한 맛집이다. 뭔가 이름이 귀여운 느낌이 있지만 지역명이 아포읍이다. 나는 아빠가 고기를 즐기는 편이 아니라서 어렸을 때 외식 메뉴 하면 항상 돈가스였다. 그래서일까 그 옛날 경양식집에서 먹던 옛날 돈가스를 좋아한다. 이날은 김천상무에 김진규, 김준홍 선수와 지금은 전역한 이유현, 이지훈 선수를 응원하러 방문한 날이었다. 응원도 내가 힘이 있어야 할 수 있는 법. 더 뚜렷하고 멀쩡한 정신으로 우리 선수들을 응원하려면 밥을 먹어야 했다. 주말 점심시간 전이었는데 이미 만석이었다. 지금보다 혼밥 스킬이 낮을 때였는데, 무슨 자신감으로 들어갔을까 싶다. 그렇게 들어간 식당에서 만난 최상의 옛날 돈가스는 두툼하면서도 부드러워 입에서 살살 녹았다. 구미에 가까운 김천이지만, 가족 단위 원정 팬들에게 꼭 추천한다.

위치 경북 김천시 아포읍 한지2길 18-11 문의 010-9758-3450 영업시간 월~금 11:30~18:30 토 11:00~16:00(매주 일요일 정기휴무) 메뉴 수제돈가스 12,000원, 쟁반야채쫄면 10,000원, 냉동치즈돈까스 10,000원, 떡볶이 5,000원 등 주차 가능(주변 골목 주차 가능)

⚽메타 1976 #대형베이커리카페 #사진맛집

전혀 생각하지 못한, 김천상무가 2023 시즌 K리그2 우승한 날. 경기 후에는 이지훈 선수와 이유현 선수의 전역식이 있어서 늦게 끝날 것 같아 경기 전에 간단하게 먹을 생각에 들른 카페다. 대도시에 비하면 중형 카페 정도이지만, 아마도 김천에서는 대형에 속할 듯싶은 크기의 카페. 일요일, 12시 이전에 들어갔을 때는 자리가 많이 비어 있었지만 12시가 넘자 금세 만석이 되었다. 주변은 논밭 뷰에 도로 뷰였지만, 건물의 반 이상이 유리로 되어 있어서 개방감이 참 좋았다. 거기에 카페 곳곳에 포토존이 되어 있어 SNS용 사진을 찍기에 너무 좋다. 사실, 나는 뷰보다는 이름은 기억 안 나는 사진 속 메뉴가 더 눈에 들어왔다. 아니, 입으로 들어왔다. 사장님 추천 메뉴라고 되어 있던 것 같은데, 정말 추천할 만했다. 이제는 사장님이 아니라 내가 축구 팬들에게 추천한다.

위치 경북 김천시 조각공원길 330-137 문의 0507-1489-1014 영업시간 월~일 10:00~22:00 (21:30 라스트오더) 메뉴 메타슈페너 6,500원, 마멜스무디 7,000원, 치즈스무디 7,000원, 단팔라떼 6,000원, 바닐라라떼 6,300원, 베이커리류 등 주차 가능(무료)

271 김천상무프로축구단

축구 더하기 여행
K리그 1편

1판 1쇄 발행 2024년 2월 8일

저자 정수은

편집 문서아   **마케팅·지원** 김혜지

펴낸곳 (주)하움출판사   **펴낸이** 문현광

이메일 haum1000@naver.com   **홈페이지** haum.kr
블로그 blog.naver.com/haum1000   **인스타그램** @haum1007

ISBN 979-11-6440-535-0 (03810)